この世ランドの眺め

Murata Kiyoko

村田喜代子

弦書房

◉装丁／写真（本文・カバー）……………毛利一枝
彫刻「兎」（村田喜代子所蔵）……………土屋仁応

目次

1　子どもの頃、そして祖母のこと

煙突のある風景　10
鉄都の盆　17
漂泊者のこころ、いまも　21
強い老婆どこ行った　24
祖母の桜　娘の桜　27
祖母から遠く離れて　31

2　作品

『蕨野行』映画化に寄せて　38
台所維新　43
『人が見たら蛙に化《な》れ』余話　48
名文を書けない文章教室　54
こころという奇妙　57
同人雑誌の志《村田喜代子の世界》　61

3 旅と写真

一千歳の木 88
遠い子供 90
枝手久島 92
旅行の敵 94
おーい、恐竜 96
松原散策 98
遠い山 100
ベランダ便り 102
「うみたまご」便り 104
桜の大怪我 106
やあ、元旦 108

4 本と人

本さがし・こころさがし 112

燦々・沼正三　136
房子さんの眼鏡　143

5　絵画

「眠れるジプシー女」ルソー　150
「横たわるレダ」ブールデル　151
「赤ずきん」（ペロー童話集挿絵）ドレ　153
「犬になった日」奥山民枝　154
「ヴァヴァのために」シャガール　156
「金魚」クリムト　157
「青い鳥」斉藤真一　159
「Snare」パウラ・レゴ　160
「用心棒もしくはひも（A）」鴨居羊子　162
「仏涅槃図」命尊　163

6 癖

怖ろしさと懐かしさ 166
籤を引く 170
飛び込む 173
におい 178
海峡通い 180
古墳日和 185
どことも知れない地への憧れ 189

7 地球

天は落ちてくるか？ 198
秋芳洞の闇 203
心臓という王 208
神様の草食恐竜 212
ユーリィのこと 215

8　この世ランドの眺め

姥捨て　222
七月の海辺で　226
出てこい、文章　231
犬はニンゲン　236
遠くへ行きたい　240
遠すぎる旅路　245
居心地の良い場所　249

あとがき　254

1　子どもの頃、そして祖母のこと

煙突のある風景

文化の都見下ろす巨大な存在

生まれ育ったのは、日本の近代化を支えた鉄の街、八幡製鉄所の長い塀のそばだった。風の強い日は近くの煙突の先っぽが折れて、うちの屋根に落ちてくるのじゃないかと心配した。

北九州市に合併する以前の旧八幡市は、景観といえば並び立つ煙突。名物は煤煙で、「八幡のスズメは黒い」なんて言われた。私もスズメに負けない真っ黒な女の子に育った。

日暮れに遊びから帰る道すがら、高い煙突群の吐き出す煙が、ボウボウと崩れかけた竜のような姿で天の底へ昇って行く。夕方は空が恐ろしいほど深くなる。

「空間恐怖」という言葉を最近知ったが、八幡の空は子供心にまさにそれだ。空に刺さる煙突。夜空を焦がす高炉の火。洞海湾のクレーン。風景を傾ける巨きいものが沢山あった。巨きい、といえば四歳のとき、八幡製鉄所の門の所で、大勢の人々に混じって、昭和天皇を見た。祖母の背中で見たらしいのだが、めまいのするような人の渦の彼方に、豆粒ほどの人影が手を挙げていた。黒い傘がちらほら見えた。

長い間、その記憶を夢のように思っていたが、あるとき知人の新聞記者が調べてくれて、事実とわかった。戦後、人間宣言をした天皇が各地を巡幸中、北九州に立ち寄ったのである。当日は小雨で新聞の写真に傘を持つ人が映っていた。

終戦まで日本人の心の深層に君臨した巨大な天皇と、群衆の肩越しに見る小さな天皇…。その不思議な空間の縮尺が、私の頭をくらくらさせる。

八幡は不思議な土地だった。よそと違う街だと、子供心にも感じていた。

昭和二十六年。小学校に上がると、友達の家には、牛一頭も押し流すような、水洗トイレがあった。台所にはダストシュートがあって、社員アパートの四階から一階まで、生ゴミがヒューウと落ちて行く。何しろ八幡市歌にもある、「たちまちひらけし文化の都」の威力なのだ。

西日本一帯から人々が集まってきたので、右隣の家は宮崎弁で、左隣は大分弁で、向かいは熊本、後ろは鹿児島。うちのお祖母さんは筑豊弁で、お祖父さんは長崎弁だった。

思い出の八幡はいつもお祭りの賑やかさで、どこかアジアの無国籍都市みたいで、そんな変な文化の都を煙突が空から黒い煤を降らしながら見下ろしていた。

明るい酒乱は木に登った

祖母には妹が二人いた。私には大叔母だが、どういうわけか彼女たちの夫はそろって酒乱だった。彼らは商売をやっていて、仕事は人一倍やるのである。

私が家に行くと、下の大叔母は病身で寝床の上でよくお札を数えていた。上の大叔母の家には流行りの大きなシェパード犬がいて、一人娘はキリスト教の私立学校に通っていた。人の噂では、上の大叔母と近所の誰々さんの奥さんは鼻を高くする整形手術をしたのだそうだ。二人とも鼻の辺りが薄い紫色になっていた。私が小学校の頃だから、五十数年近くも昔だ。

そんな大叔母たちを妻に持った二人の夫は、なぜか酒を飲むと人が変わったように暴れる。いつも騒動を起こすのではないが、上の大叔父などは、交番の前の電柱に巻き付いて、大暴れの末に取り押さえられたりした。下の大叔父はこれまた、酔って家の等身大もある

弥勒菩薩に、

「その手は何だ？　カネをくれだと？　朝晩飯をやっているのに、まだオレに無心するのか！」

酒の一升瓶をバーンと打ち付け、その夜に吐血して昏倒した。胃潰瘍だった。

私の祖父は表具師で、趣味は自分で作った屏風に墨絵を描くことだった。貧しかったが温和な人である。いったい大叔父たちには、どんな人生の鬱屈があるのか、私は不思議だった。

ある年の春のこと。私は祖父母や大叔母たちと、近くの貯水池に花見に行った。すると人々が騒いでいた。酔っぱらいが一人、桜の木に登っている。それが上の大叔父だった。

「汝ら、愚かな地獄の者共よ！」なんて桜の花の上から大音声を発している。危ない。下りろ。誰か警察を呼んでこい。人々が叫ぶ。

私はおかしかった。地獄にいるのは彼のほうではあるまいか。桜の下の人々は御馳走を食べて、美味しい酒を飲んで極楽だ。これは上下逆様である。

子供心に可哀相な気持ちで見ていると、枝が折れて大叔父の体は貯水池にドブーン！と水飛沫を上げて落ちた。

たしか下の大叔父も花見の季節、この人は遊園地の池に落ちたのだった……。

昇天待つ光まみれの山上

近くの皿倉山にケーブルカーが通ったのは、私が小学校を卒業した頃だった。

家の窓から眺めると、南の方角に皿倉山のケーブルカーの線路がある。山上駅と麓の駅をつなぐ二台のケーブルカーが、山の中腹で交差するのまで見えた。

晴れた日は天辺に白雲を浮かべた山を、ケーブルカーが音もなく昇って行く。いや、眼をこらすと止まっているようだ。それがちょっと窓辺を離れたすきに、もう八合目まで進んでいる。何か人の眼を盗み、時間を盗むような感じだ。

それがのろのろ、のろのろと昇降する。夏の昼など林の青に染まって、体温計の水銀みたいに動くのだ。

翌年の秋、友達と山へ遊びに行ったとき、登山道を歩いていると、林の向こうの線路をケーブルカーが、シュル、シュル、シュル、と上がってきた。

車内には何だか、帽子をかぶったお爺さんや、白い手拭いを頭にかぶったお婆さんたちが一杯乗っていた。近くの稲荷神社かどこかに詣ったついでに、山頂まで行くのだろう。

「年寄りばっかり!」

「今から天国に行くんや」

と友達が言い合う。私もそんな気がした。ケーブルカーの山上駅にはその日も有り難そうな雲が浮いて、いかにも老人たちが昇天しそうな雰囲気である。

夕方、家に帰ると祖母がお遍路の白い手っ甲、脚絆を出していた。「山の札所に行くんや」と言うので、うちのお祖母さんも昇天するのかと、おかしかった。

その祖母は私の母親代わりだった。両親の離婚後に生まれた私は、再婚する母に代わって祖父母に引き取られた。祖母は昇天するどころではない、私を育て上げ、その後も九十歳まで生きた。死んだのは、私が芥川賞を取る前年だった。

春の朝、祖母を看ている母からの電話で駈け付けると、祖母はもう白布を顔にのせて寝かされていた。部屋はマンションの何階だったか、桜の薄桃色に縁取られた皿倉山が、部屋の窓全面に、のっと迫って見えた。

水銀のようなケーブルカーが、七合目、八合目と無音で昇っていた。あとひと息……。光まみれの山上の空が、祖母を待っていた。

優しく神々しいお父さん

巷にカルメン・マキの「時には母のない子のように」という感傷的な歌が流れたことが

ある。私は、母のない子が海をながめるなら、父のない子はどうするんだろうと思った。その歌のように私も母のない子で、そして父もない子だった。戸籍では私の両親の欄には祖父母の名前が記され、母は私の姉になっていた。世間とは辻褄合わせのシステムだ。母の婚家にたまに遊びに行ったが、祖父母の情愛が深かったので、母恋いの気持ちは起きなかった。父は始めからいなかったため、欠落感がない。父の不在は我が家の常態なのである。

ただ、姿なき父をネタにして、勝手な空想をめぐらすことはよくやった。たとえば社会人になって仕事に就くと、社長が自分の実の父だなんて話のストーリィを作る。私を叱る上司や先輩は、ラストで父に解雇されるという筋だ。

十代の頃、小説家になりたいと思ったときは、吉川英治が実の父になって、出版社にコネをつけてもらったり。これは子供時代に読んだ「小公女」の私流の焼き直しだった。だが父恋いの念も私にはなかった。あるとき父が私を引き取りにきたという話を祖母から聞いたが、そのとき父の名前も教えられたのに、一晩経つと忘れてしまった。平凡な名前だったような気がする。

昔はどこでも親類間で子供のやり取りをしていた。子供の多い家は、いない家に子供を分け与える。私の母も赤ん坊のとき、祖母の兄の家から養女にもらってきた。親のない子もある子も、ごちゃまぜだった。

北九州市に「いのちのたび博物館」がある。中に入ると整列した骨格模型の恐竜たちが、長い林のように出迎える。ここにくると遙々とした気持ちになる。ジオラマの部屋に行くと、巨体のマメンチサウルスが天井から見下ろしている。草食恐竜の顔は小さく優しくて、神々しい。私は「ああ神様」とか「お父さん」なんて思ったりするのだ。

人間が月へ行く時代になっても、地球上の生命はここからつながってきたものであることに変わりない。祖父母や大叔父・大叔母たちより、恐竜は懐かしい。

鉄都の盆

年寄り育ちのものだから、子供の頃、盆といえば冥界が大挙して繰り出してくるような怖さと賑やかさを感じたものだ。

八月に入ると町内の空き地には、日暮れとともにドンドコドンドコと太鼓の音が鳴り出して、盆踊りの練習に大人も子供も「早く来い、早く来い」と急き立てる。私たち子供が踊りの稽古をしている間に、祖母たち老人組は踊りに使う花笠や、手っ甲、脚絆を作った。そして盆になると町内ごとに組の名前入りの提灯を提げて、家々がカラッポになるほど踊り手が集まり、盆踊り歌の三味線のお師匠さん（この人は凄い美声のお爺さんだった）を先頭に立てて、北九州の街じゅうを踊り歩いた。

あらかじめ決まった初盆の家々を巡り、夜の七時頃から夜中の一時くらいまで踊りながら行く。子供たちは各戸でお小遣いをもらうので、盆の三日間を踊りに加わると、正月のお年玉より稼げた。

その盆の歌は、月が出た出た、の炭坑節から一般の民謡までいろいろだが、妙に覚えているものに歌の題は知らないが、

「盆はうれしや、別れた人も、晴れてこの世に会いに来る」

という一節があった。別れた人というのは死別した人のことで、つまりそれは幽霊ということだろう。祖母の話によると十万億土とかいう地獄の釜のフタが開いて、死んだ人たちが一斉にこっちへ帰ってくるらしい。仏壇に明かりをつけ、祖母が唱える。

「さあさあ、貴田家、村上家の皆々様。どうぞどうぞ帰ってきてくだっしゃれ」

貴田家は私の家で、村上家は祖母の実家である。表の道のあちこちから、見えないお客がヒューヒュー飛んでくる。

かくて私は盆踊りがどんなに足が痛くても眠くても、よその子のように途中から抜けて家に帰ることができなかったのである。祖父も祖母も盆踊りの係りをしていたので、家は無人である。そしてたぶん今頃は冥界のお客がひしめいている。亡者という人たちの集まりとはどんなものだろう、と私は想像した。座敷は薄青い光に染まって、姿の見えない人々の談笑が風呂場の反響みたいに変に響いているのではなかろうか。早く終われ、盆踊り。私はそのことばかり念じて、手を振ったり足を上げたり、気のない踊りを踊ったものだ。

その踊りの輪の上の空には、盆も休みのない八幡製鉄所の高炉や工場の火が赤々と映えて、背の高い煙突の林から不思議な竜の形をした煙が昇っていた。現代の製鉄所の風景と、祖母の語る十万億土の遠来の客と、盆踊りが、三つ合わさった北九州の昔の盆である。

橋本多佳子の句に、私は当時の八幡の町の道端の闇を思い出す。

一ところくらきをくぐる踊の輪

初盆の家は戸を開け放ち、街灯や提灯もあって通りは明るいが、輪になって踊りつつ進んで行くと、灯明かりの届かない闇が、そこだけ黒い池のように口を開けている。私は急いで踊りながら通り抜ける。電柱の影にその家の新仏のお婆さんが立っていたりしないことを願いながら……。

さて盆の最後の日の暮れ方、また祖母が唱える。

「さあさあ、ご先祖の皆々様。十万億土の釜のフタが締まらぬ内、どうぞどうぞお帰りくだっしゃれ」

私はやっと胸を撫でさすり、彼らの一団がヒューヒューと飛び去って行くのを見送るのだ。その西空には製鉄所の上に夕月が昇っていた。

漂泊者のこころ、いまも

謹賀新年。平成十七年一月元旦。貴田喜代子さん。その後どうしていますか。私がもう一人の私に手紙を出すとすれば、四十五年前のあのときの喜代子さんしかいないだろうと思います。

終戦の年生まれだから、十五歳でしたね。まだ旧姓だったので、貴田喜代子ですよね。中学一年で百枚の小説なるものを書いて地元の新聞社に送ったあなたが、いえ、私たちがと二人称で言いましょうか、小説の次に見つけた表現方法は映画シナリオでした。

古本屋で買い揃えた「シナリオ全集」でトーキー時代の名作、山中貞雄の『盤嶽の一生』や伊丹万作の『赤西蠣太』を読んで、簡潔、明瞭、目に見えるように書かれた脚本の形式に跳び上がりましたね。黒澤明から新藤兼人まで読破すると、十五になった少女の心がむくむくと動き出しました。

母が再婚して祖父母に育てられましたが、その祖父も前年に死んだ春のこと。学校カバンに映画の本や着替え、洗面道具を詰めて、逗子かどこかに住んでおられた新藤兼人監督の所へ家出を企てましたね。ところが祖母に見つかって、むんずと後ろ首を摑まれた。相撲取りを父に持つ祖母は巨躯で、とても私の敵う相手ではありません。けれどその祖母の鬼瓦みたいな顔に涙がパラパラ散るのを見て、「この人が生きてる間は下手なことはできないな」と私は観念したのでした。

その後は何とか中学だけは卒業して、以後は昼間は図書館通い。朝と夕は新聞販売店に勤めて好きな本を好きなだけ読むうちに、映画は斜陽となって、私はいつのまにかまた小説を書き始めていたのでした。

芥川賞を取ったのは、結婚して二児の母となった後です。祖母は九十歳で死にましたが、家出を企てた少女時代と較べると、私の後半生は真面目でした。けれど十五の春のあの奇妙な衝動は、別の形を取ってその後もずっと私の心に襲ってきていたのを感じます。

更年期の女性の精神の漂泊を覗く『花野』を書いたとき、私は主人公が家出する道の彼方に、あのとき飛び出たあなたの姿を見たのです。女性同士の同性婚の話『雲南の妻』を書いたときも、姥捨ての『蕨野行』のときもそうです。あなたが見え隠れしてました。

貴田喜代子さん。あなたはあれから家を出て、新藤監督の所へ行きましたか。若い者は自分のことしか考えません。たぶん監督に断られて途方に暮れたでしょう。でも自分が本当に行きたかったのは別な所だと、やがて気づいたでしょう。十五歳の家出にはシナリオ作家への夢とは別の、もう一つの誘惑の手招きがあったのです。じつに私たちは夕暮れの道など歩いてると、無性に迷子になりたくなるような人間でしたから。

あれからあなたはどこへ行ったのでしょうか。迷子願望の子も今年は六十歳になりました。『蕨野行』ではもう野入りの年齢です。この年になると、昔に別れた我が子が気にかかるようにあなたを思い出します。

私はそろそろ人生の終盤の仕事に取りかかり、いつかそれを終えたら、どこか夕暮れの道であなたを見つけて、霧や夜露に冷えたその漂泊の体を回収したいと思うのです。それを果たしたら自分の人生にキリがつくような気がします。

できれば蕨野の丘か、雲南の亜熱帯樹林の奥か、花野の原で会いたいものです。それまでもう少し、待っていてください。

あなたの村田喜代子より

強い老婆どこ行った

私が子供の頃、祖母は蛙のことを「ビキ」と呼んでいた。昭和二十年代後半の北九州のことである。何か叱られるときは決まって、「悪か子にはビキがくるぞ」と言われた。しかしそんな祖母こそビキに似ていると私は思った。池の縁にかがんで水面を覗くと、あっちこっちにも、ピョーン、ピョーンとビキが飛び跳ねていた。昔、町内にもビキみたいな老婆たちが一杯いたのである。

我が家の祖母はいきの良いビキだった。毎年、梅雨の前には梯子をかけて屋根に登る。瓦の点検修理をするためだ。相撲取りの娘だったので体格は親譲りで鬼瓦に見えた。またノコギリや金ヅチを持ち出して床板の張り替えなどもやる。鶏小屋の修繕もやった。祖父は六十八歳で亡くなったが、存命中の彼の記憶といえば孫の運動会に着流しにタスキ掛けで巻き寿司やイナリ寿司を作ったくらいで、ふだんは魚釣りや日本画に暇を潰していた。

といってお金があろうはずもなく、十歳から筑豊の炭坑に入っていた祖母が、結婚後は男並みの採炭作業をして働いていたという。

私は母の離婚後に生まれた間の悪い子供で、結局、祖母が「アタシが生みました」と言って市役所に届けに行った。そのとき祖母は五十歳だった。当時の写真を見るともう立派な白髪の老婆で、これを通した戸籍係の温情は見上げたもの。やがて母は再婚し、私はそのまま祖父母の家に残って育てられた。

生命保険も銀行預金も知らない、文字も読めない祖母だったが、祖父の死後もびくともしない。お金がないとは一度も聞いたことがなかった。祖母は読み書きができなかったが、それでも婦人会の役を務め、楽しみは町の年寄り友達とお経や御詠歌の練習をする。昼下がり白髪頭のビキが集まって、リンを打ち声を合わせて歌うのだ。

祖母は「字みたいなアテにならんもんは信じたらつまらんよ」と言ったが、紙幣やお経なども文字で書いてあるではないかと子供心に思ったものだ。しかし八幡大空襲の戦火を潜って生き延びた年寄りには、孫の学校の教科書と違い、お経の字などは格別の意味を持っていたのだろう。

姑の里である大分の山にも、祖母のような老婆たちがいる。姑の一番上の姉という人は長年の野良仕事で腰が完全につの字に折れ曲がっていたが、春の山菜の季節に訪ねると、自分の体が入るような大鍋でタケノコを煮る。そして七輪の火に乗せたその鍋を素手でヒョイヒョイとひっくり返す。コンロの火では高過ぎて手が届かないのである。

このお婆さんの寝ているところを見たことがないと人は言う。朝は一番先に起きて、夜は繕い物で最後に寝る。男たちはこの地方の米焼酎の晩酌でみな酔いつぶれた夜中に、お婆さんの夜なべは営々と続いたのだ。

私の祖母は祖父の死後二十二年間生きて、九十歳で亡くなった。私が芥川賞をもらう前年のことだった。大分の山のお婆さんもその数年後に逝った。御詠歌仲間の年寄りもいなくなった。「サヨナラ。有り難うね」が最後の言葉になった年寄りもいる。その日の朝刊を読み終えて息を引き取った年寄りもいる。

老婆たちはみなどこへ行ったのだろう。明治、大正の女たちはいなくなっていく。終戦の年に生まれた私は、祖母の世代の女の強さに敵わない気がする。熱い鍋を素手でヒョイとつかんでひっくり返す、彼女たちの分厚い手の指がすべてを物語る。戦後、女は強くなったというが、多弁・雄弁にはなったろうが、あのパワーと気迫に追従できるだろうか。老婆たちはどこへ行ったのか。後には煮えた鍋一つ素手でつかめない女たちが残っている。

ああ。私はもっと心がけて寡黙になろう。

祖母の桜　娘の桜

二人の娘がいるが、長女は真夏の八月生まれ、次女は桜の候の四月に生まれた。

三十八年前の四月四日。私の出産で産院に泊まり込んでいた祖母は、毎日、散歩のついでに近くの公園へ桜の開き具合を見に行った。一週間の入院の間に桜は満開となり、公園は真っ白になった。

桜という花は出来事の背景に置かれるだけで、特別な思い出となって陰影を刻む。この時期だけの何か贈物のような花だ。

長女のときは初めての出産であるのに、これといった記憶がない。陣痛の間、エアコンのない産室が暑かったことくらいしか覚えがない。けれど次女のときのことは、真っ白な白髪頭の祖母が髪の毛や着物の肩に桜の花びらをのせて、公園から戻ってくる姿や、産室の窓ガラスに庭の桜の老樹の影が差して、分娩室に移されて行くとき、その花の影がチラチラと何か手を振って送ってくれるようだったことなど、様々に思い出される。

陣痛が始まって産院に入ったのは四月一日だった。だが微弱陣痛でやがて痛みが薄らいでしまう。予定日より一週間以上も遅れていたが、病院ではないので陣痛促進剤の注射はしない。家に帰って出直してきたらどうか、とすすめられても今さら帰りづらかった。桜の頃は風雨が多いが、入院したのも嵐の朝だった。姑が「お産はえてしてこういうときに当るものよ。頑張って産んでおいで」と言って送ってくれたものである。

一日経ち二日目になっても陣痛は戻らない。嵐はやんで青空に桜の蕾が開き始めた。やがて年寄りの助産婦さんたちが頭を寄せ合い、私を外の銭湯へ行かせることにした。風呂に入って陣痛を再起動させようというわけだ。当時、産院には浴室がなかった。

春のうららの山手の道。

遥かに北九州の工業区とその先の洞海湾が明るかった。私は桜並木の下を臨月のおなかを抱え、産院でもらった地図を見ながら歩いた。手にさげた洗面器にはタオルと石鹸箱が入っている。桜のトンネルを潜り、地図の通りに山手の町の銭湯を見つけた。昼の浴場はお客もまばらで、私は所在なげにお湯に出たり入ったりして休火山の再発を待った。しかしおなかは少し突っ張る程度だった。

帰路も桜のトンネルを通って戻る。

途中で消防自動車のサイレンの音を聞いた。崖の下の家並みに黒い煙りが流れていた。昼火事の炎は水に溶かしたような薄い朱色で、春空をめらめらと舐めていた。私は洗面器を抱いたまましばらく火事を見物して帰った。

翌日は風呂の効果か、活発な陣痛が息を吹き返して、夕方、二千八百グラムの次女が生まれた。夫は二人目も女の子だったので落胆したが、姑と私の祖母は喜んだ。祖母は私の母代わりの人だった。私は母の離婚後に生まれた子供で、その母がまもなく再婚して家を出たため、私は祖父母の手で育ったのである。

祖母は私の産室に泊まり込んだ。産院は一人一室で家族なら誰でも泊まれた。祖母は毎日、曾孫の様子を覗きに新生児室へ行き、それから公園の桜を見に行き、帰ってくるとベッドのそばで赤ん坊の産着をチクチクと手縫いした。そのとき祖母は七十七歳だった。

それから十二年後の四月四日。

偶然というか何というか、次女の誕生と同じ日に、祖母は八十九歳で逝った。

その朝、私は徹夜で長い小説の最終章を書き上げたところだった。まだ芥川賞をもらう前で、書いた作品が世に出るあてもない頃だ。夫は会社へ、娘たちは学校へ行った後、台所を片付けていると、祖母を看ている母から電話がかかってきた。半月ほど床についていた祖母が、昏睡状態になったという。

その日は小説仲間の友人が同人誌の打ち合わせに我が家へくることになっていた。すぐ相手の家に連絡を入れたが、もう自宅を出たらしく電話はつながらない。そうこうするうち友人はやってきた。私は急用ができたことを彼女に告げて、駅前の喫茶店で打ち合わせをした。私は相手と話をしながら不意に祖母はもう死んだのではないかという気がしていた。死んだなら急ぐ必要はない。祖母はもうここにきているのではないかと思った。店を出ると、友人と別れ、実家に帰る電車に乗った。

　北九州の町が車窓に流れて行く。電車の線路の沿線に真っ白に桜が噴き上げていた。桜、桜、桜の中を電車はゆっくりと不思議なのろさで走って行った。予感した通り、実家に着くと私を待っていたのは白布で顔を覆われた祖母の亡骸だった。

　祖母の部屋はマンションの六階である。祖母の寝床の向こうに窓があって、裾野の広い帆柱山というケーブルカーの通う山が間近に見えた。青い山肌の所々に桜の綿雲の塊りが連なって、その間をケーブルカーが音もなく昇って行く。それが祖母の魂のようだった。

　今年も四月四日がくる。娘の誕生の華やぎと、祖母の死を送るのに、桜はそのどちらにも似合っている。人の生死の情景に桜ほど寄り添う花はないかもしれない。

祖母から遠く離れて

子供の頃、春になって北九州の野山に桜の綿雲がかかるようになると、毎年決まって、ふらりと祖母がいなくなった。一緒に親戚や近所の老婆たちの姿も消えた。白手拭いを頭にかぶり、白い着物の胸に白い頭陀袋を掛けて、白の手甲脚絆を巻いて、手には金剛杖を突いていた。そんな格好でどこかへ出かけて行ったのだ。それきり一週間も十日も帰ってこない。

祖母がいなくなった家の中は淋しかった。母が再婚して出て行ったために、家の中には私と弟と祖父しかいない。何でも器用で料理も上手だった祖父が留守中の食事を作ってくれたが、夜寝るときは淋しかった。お便所に行くと薄ぼんやりした裸電球の灯りの下に、昔の汲み取り便所の闇が口を開けていた。両足を跨がしてしゃがみながら何気なく下を覗くと、微かに射し込む灯りの底に白いものがふつふつと動いている。黄土色した糞便の堆積の山襞を縫い、丘を越え、川を渡って白い粒が蠢いている。「ああ、おばあさんがこんな所にいる」と思わず眺めた。

　やがて山の彼方から老婆たちのお遍路がぞろぞろと町へ帰ってくる。久しぶりに四人揃った晩御飯の後で、祖母が幼い私に手渡してくれるのは、いつも地獄極楽の怖ろしい絵草子だった。


粗悪な紙質の和綴じ本は極彩色で、血の池に溺れる亡者や針の山を逃げまどう亡者が描かれている。それが毎年決まった旅のお土産だ。やっぱりおばあさんはあそこへ行っていたのだ、と私は思った。股の下の暗がりの、あのお便所の地獄。

　年寄りに育てられた子は三文安い、と昔はよく言ったものだ。半分は当たって半分は外れている。外れているわけは、年寄りは善悪の観念を若い親よりもしっかり教え込んでくれるからだ。ただその教材が血みどろの地獄極楽図である。飛びすぎている。そして年寄りは矛盾に満ちたことを言うのである。

「よかね。紙に書いとる字を信用したらいけんよ。あんなもんは嘘ばっかりやからね！」

　これから小学校へ入る孫に、世の中で文字ほど信用できないものはないと教えるのだ。けれどそんな祖母が朝晩仏壇の前であげているお経の文句だって文字に書かれているのではないか。経本だって、それからお金だってお札なんてのはやっぱり紙に書いた字じゃないか。三文安い子でもその程度のことは考えた。

　それから祖母は時々謎のような言葉を口にした。道端で犬や猫の死骸を見たら、決して可哀相にと思ってはならない。「うんがせい！」と言って走って通り過ぎるよう教えられた。「うんがせい！」とは何か？呪文のようだった。路傍で車に轢かれた犬や猫と行き合うと、私は恐ろしさにその呪文を口走って逃げた。そして子供心にぼんやりと呪文の意味がわかってきた。「うんがせい！」とは「うぬが所為（せい）！」。つまりほかでもない、自分自身の所為という意味だ。冷たい路傍にむくろを晒してこのように死なねばならないのも、過去世からの所業の結果で誰を恨むすべもない。だから通りすがりの人間に取り憑いてはならないと言うのである。

でも可哀想！と子供心は震えた。泣きそうになる。けれど猫などに取り憑かれては困るので、「うんがせい！」の呪文を小さなむくろに投げ捨てて、走って逃げた。

そのようにして毛穴から仏教が染み込んだ。いや、祖母の信ずるところの仏教らしきものが染み込んだと言おう。ただおとなになっていく途中で、その「祖母の仏教らしきもの」を、自分なりに思考変換し、クリアしなければならなかった。絵草子の地獄極楽図がじつは生命の境涯の立て分けであることなど、成人後にゆっくりわかっていった。

では命あるものは死ぬと何処へ行くのだろう。赤瀬川原平の書名は忘れたが物理学で物を考える本に、生命は大きなプールに湛えられた水のようなものじゃないか、というのがあった。それが妙にストンと私の胸に落ちた。また同じ頃にある雑誌で仏教の生命観の座談会が掲載されて、生命をコップの中の水に見立てていたのである。コップを揺すると波が立つ。人が生きている状態というのは、そのコップの中の波頭のようなもので、波が止んでひとつらなりの水面になったときが死の状態であろうと言っていた。

その話も面白くて妙に実感できた。人の命が無始無終なら人口の増加や減少があるのは変である。生命がコップの中の総体としての水なら納得がいくのだった。

ただ解せないのは霊魂の問題だった。

仏教では霊魂の存在を否定しているのに、私の祖母や親戚の年寄りはよく幽霊を見た話をしていた。霊魂がなければ幽霊も出ない。幸か不幸か私はそんな妖しいものが見える目を持たないが、祖母たちはよく知人の死を言い当てたり、姿を見たりしていたものである。

ところがいつだったか作家仲間のある男性が知人数人と旅をしたとき、宿に泊まった夜、一人が幽霊がいると言い出した。そこにいる、今度はそっちへ行った、と騒ぎ始めたそうである。そのとき同行の中にお坊さんがいて、「そんなものはおらん！おらんものは見えん！しっかりせい」と一喝したのである。するとその男性はすうっと目が醒めたような顔であたりを見まわし、「ああ、いなくなった……」と呟いたという。

霊魂など、あるといえばある、ないといえばない、私たちが大宇宙という生命のコップの中にいればこそ感応したりもするのである。しかし、そんなものはない！と言い切ったとき、ふっつりと感応のスイッチが切れる。見事な切り替えだと思う。霊魂なんていうような曖昧なものと関わらないほうが、現世の生活はしやすいのだ。霊魂はない。幽霊もいない。これですっきりである。思えば私の祖母たちは現世・霊界混合のややこしい面倒な暮らしをしていたのだと思う。

現世の生活といえば、以前に取材で大阪の

『爪楊枝博物館』という所へ行ったときのこと。ナポレオンの銀の爪楊枝やら、江戸時代の房楊枝などいろいろ見学した後、館長さんから（そこは爪楊枝製造会社の施設博物館なので館長さんというより社長さんであるが）、千手観音菩薩の手の内の一本は歯ブラシを握っているという話を聞いた。「えっ、歯ブラシ？」「昔だから房楊枝みたいなものですがね」。それがどこの寺の千手観音像だったか、もう忘れた。ただ見せられた写真の千手観音像の、確か右側だったかの下の方についている手の一本が、なるほど房楊枝のような物を握っていた。

「なぜ歯磨き道具なんか持っているんでしょうか」

「歯が悪いと具合が悪いからでしょう」

と館長さんが当たり前のように言った。

「仏道修行するには、長生きしなければなりませんからねえ」

仏教のシロウトの私と館長さんは、ただうなずき合った。そういえば釈迦在世の仏教は生者のための教えだったと聞いていた。歯を磨いて、働いて、寿命を全うして生きる。生きることこそが仏教かもしれなかった。

祖母は九十歳で亡くなった。とくに善行をしたわけでもないが安らかな臨終だった。私が芥川賞を取る一年前の春である。専門の僧侶の方々がこの文章を読むと、勝手に何でもシロウト解釈してけしからんと思われるかもしれないが、とにかく私はこんなふうにして祖母亡き後も仏教と近い所で生きてきたように思う。そしてずいぶん祖母から遠くへきた気もする。ただここで一つ、祖母の言葉の磁場から脱出できないものがある。それはあの「うんがせい！」の呪文だった。

　この世はただ因果律だけで動いているようには見えない。悪いことをしながら羽振り良く、丈夫で長生きする者もいれば、心がけの良い人が不測の災難に遭ったり病魔に襲われたりする。そして世の中には非業の死を遂げる人々もいるのだった。例に引くのも忍びなく事件の起きた地名も伏せるが、結婚間もない若い母親と赤ん坊が殺された事件がある。犯人の少年は母親を殺した後で犯し、母の亡骸にすり寄って泣く赤ん坊を床に叩き付けた。それでも赤ん坊は死なずにまた這い寄ってくるので床に叩き付け、最後には首を絞めてようやく殺した。幼い子の首は細くて絞めにくかったという。

　死んだ若い母と子の苦しみと、残された夫の人生の長い裁判の歩みを私は思う。作家の車谷長吉氏はこの事件を短編小説に書いて、死刑反対論者に憤怒した。人の横死にどんなわけがあるというのか。病気や事故やこの世の不幸の様々に、過去世の因縁がどう絡み合うのか。何にしても今頃になって宿習の結果を出しても遅すぎる。道端で車に轢かれて死んだ子猫が前世の所為を懺悔できるわけでもない。それでも厳然と因果は巡るのか。死ぬ者は死ぬ。生きる者は生きる。殺される者は殺される。それではこの世の司法制度も医学研究も不要ということになる。仏法とこの世の法が合わなさすぎる。

　知り合いの僧侶に尋ねたが、はかばかしい答えは返ってこなかった。いつか死んだときにわかるだろうかとふと思う。しかし死んだらひとつらなりの水になるのでもうわからないだろう。

『蕨野行』映画化に寄せて

小説が脱稿しても、気分だけはずっと後を引くことがある。いつもではないが、折にふれて登場人物のその後に思いが流れていく。

平成六年に文藝春秋から刊行した『蕨野行』はとくにその感が強い。これは岩手県遠野地方に残る棄老伝説が題材で、小説のストーリィが季節と深く関わっている。

北国の春は遅く、彼岸過ぎ頃から、ようやく黒い土が見えてくる。その頃、この地方では六十歳を迎えた老人たちが住み慣れた村を出て、自発的に姥捨ての野へ入って行った。

昔のことだからむろん見た者はいないが、柳田國男の『遠野物語』という民俗学の本に出てくる。ここの姥捨ては非常に変わっていて、村を出た年寄りたちが、また村へ仕事をしに戻ってくるのである。

つまり通勤というか、通いの姥捨てだ。彼らは人里離れた姥捨ての地「あの世」から、「この世」の村へ通ってくる。考えれば奇妙な日常である。朝は「あの世」から「この世」へ出かけてきて、夕方には少しの食物をもらって、また「あの世」へと帰って行く。

私が現地へ取材に行った後、たまたま東北大学が発掘調査に入って人骨が出たと新聞に載ったので、たぶんこのユニークな姥捨ては実際あったことだろう。

今までに姥捨ての小説といえば、深沢七郎の『楢山節考』があるが、主人公のおりん婆さんは息子の背に負われて山へ行き、雪の中に置き去りにされて死を待つ。私は子供の頃に田中絹代と高橋貞二の出演でこの映画を観たが、鬼気迫るものだった。

世の中は面白い、と私は思った。フィクションのはずの『楢山節考』が、姥捨ての古典的王道的スタイルを持ち、実話の遠野の姥捨てが奇抜で嘘みたいな通勤バージョン、「あの世」と「この世」を往復する形なのだ。事実は小説より奇なり。作家の創造力より、昔の共同体の知恵のほうが上手をいく。

ともあれ、こんなわけで遠野の姥捨ては老人がなかなか死なない。年寄りたちは春から夏、秋へと「現世」通勤して、田畑の仕事を手伝い季節と共に生きるのである。

『蕨野行』を書き上げてからも、毎年、夏空を見ると私はハッとする。老人たちの上を過ぎて行く時間。それがふと頭をよぎるのだ。彼らの余命には限りがある。季節が移って田畑の仕事が終われば、もう村へ働きに下る用はない。深い雪に閉じ込められて死を待つことになる。

するとと私の頭の中で、夏の太陽の彼方に冬の落日が浮かんでくる。耳もとに秒を刻むセコンドの音もする。短い命を惜しむ蟻のように、年寄りたちの働く姿が私の瞼に映る。

そのうち秋がやってきて、我が家の窓から見える山々が色づき始めると、私はまたある日それに気づいて、ハッとするのだ。ふだんは現在進行中の小説を書き、犬の散歩やもろもろの仕事に明け暮れていたのに、突然、ある日、急に、慄然となるのである。

ああ。もう後がない。

東北の秋は早く、ことに昔はもっと寒かったろうから、九月の声を聞く頃には年寄りはもう冬ごもりに入っただろう。里へ下る道も雪に閉ざされていく。

年寄りたちの行く手で待つのは飢えか凍死か、いずれにしても自然死である。人為の手が加わらないそのような死がどんなものかわからないが、刻々と死の時間は近づいてくる。

ああ。もう後がない。

そうして今年もまた十二月がやってきた。私はシンとなった。もうだめだ。九月、十月はまだ生きているだろう。野には彼らの小屋もあるので、食物があれば十一月までも生き延びるかもしれない。そう思う。

だが十二月となれば、何としてもむりである。動く人影が絶え果てた姥捨ての野が、私の脳裏に無音の光景を浮かべる。もうだめ。もう終わってしまったのだ。

こう自分に言い聞かせると、やっと死のセコンドの音が耳から離れる。私は何だか自分も死んであの世に行った人間みたいな心境になるのである。そうして日々、しおしおと仕事をして、犬の散歩に行くのである。


今年はその『蕨野行』が恩地日出夫監督の手でとうとう映画化に漕ぎつけた。最初、自主映画として発足したので、資金集めに時間がかかり完成までに八年かかった。

昨年の春から夏、秋、冬にいたる時間は、映画の撮影期間と重なって、いっそうなまなましく命のセコンドの音は高く響いた。

私はちょうどその期間、新聞の連載小説を抱え、撮影を覗くことはできなかったが、ロケ地となった山形では主演の市原悦子さん初め石橋蓮司、中原ひとみ、李麗仙といった俳優さんたちが姥捨ての年寄りを演じていた。

経費の関係で冬に夏のシーンを撮った。老婆たちの川での水浴びシーンも冬になり、市原さんたちは凍える水に浸かったという。映画を観ると少しもそんなふうに見えず、みんな嬉々として戯れていた。

　映画のラスト・シーンは観た人々が口々に圧巻と言う、死んだ年寄りたちの雪合戦だった。幽霊たちがひとしきり雪投げに興じる。そして彼らの姿が消えると、やがてあたりは白一色の野となる。もはや何もない。

　私はその白い場面に、やがて明くる年に野入りする年寄りの姿がぼんやり見えた気がした。ゆっくりとまた命を刻むセコンドが動き出すのだ。

台所維新

椎茸を眺めていると生白くて水っぽくて弱々しい陰気な食物という趣がします。無思想、無観念、無味無臭。なんにもないのです。

　この、のっぺりしたのを乾燥させた干し椎茸は、和食に欠かせない出汁の名脇役となります。傘の厚い「どんこ」を数枚、耐熱ガラスの瓶に入れて百度の熱湯を注ぐと、魂消てぷくぷくと泡を生じます。やっぱり中はカラッポじゃないみたい。椎茸の精みたいなのが居るようです。

　その瓶にハサミで切った出汁昆布も投じて、それから紙パックに詰めたカツオ節も沈めると、椎茸にすれば自分と異類の海のモノと一緒にもがく熱湯地獄です。やがて時間と共に瓶の湯が冷めて七十度くらいになると、干し椎茸と出汁昆布にカツオ節、三者三様の旨味エキスが滲み出し、折り合って、濃い出し汁が出来ます。毎晩、私は夕食後の晩酌の合間にこれを作ります。

　家族が心臓血管手術を受けて五年余り、食事を肉や油を使わない和風に切り替えました。でも日本食の調理はあんまり面白くありません。

粗食の代表株の昆布や干し椎茸、切り干し大根、沢庵漬け、梅干しなんて地味めぞろいです。

かくいう私は幼少期、年寄りに育てられて肉をまったく食べたことがありません。もっとも当時は食べ物の乏しい戦後まもない時期で、どこの家庭もめったに肉が食卓に上ることはなかったのですが、うちの年寄りは鶏肉さえも嫌いました。そんなわけで鯨肉、豚肉、牛肉なんて、生家の台所では完全欠番の材料でした。蚕白質は三日に一個生む家の鶏の卵が唯一でした。

おかげで私は身長は足りないけれど筋骨逞しく育ち、この齢まで病気らしい病気もしたことがなく、一度でいいから学校の朝礼の時間によろっと倒れてみたい、虫歯になって歯医者に通ってみたい、と体の弱い少女に憧れたものでした。

その反動か、結婚して子供が出来ると「家事の本質はままごと」と見破って、それからの主婦生活の楽しさ！　時代は日本経済の上昇期で、卵にバターにチーズ、美味しい食材は何でもありです。新米主婦は台所にはまって、今日はマドレーヌ、明日はパウンドケーキ、明後日はマシュマロ、と西洋菓子作りにのぼせました。

マドレーヌは易しそうにみえて焼きあがり寸前で萎みやすく、難易度が高い。パン作りは春秋は庭の物干しに開いたコウモリ傘を吊し、その中にパン生地を寝かせたボウルを置いて天日で発酵させ、冬は電気ごたつに潜らせて膨らませます。豚饅もパン生地のがわに包みますから、これもクリアです。

簡単なのはマシュマロで、バットに片栗粉を厚く敷き、卵のお尻でぽこぽこと二十個くらいへこみを作り、その中に泡立てた卵の白身の液を注ぐのです。焼くことも温めることもいらず、液が乾けばふわふわっと出来上がり。

　そうやって楽しい「主婦生活」というか「台所生活」の合間に、自分の祖母を大鍋に入れて作った『鍋の中』という小説で、芥川賞をもらったりしたのですが、年月は流れて二十年余。ここへきて、家族の突然の煩いで「油脂類および肉食の制限」となったのでした。

　肉はダメって？　聞くところによると、肉って幸福物質なんですってね。だから、うつの人が症状がひどくなったとき、手っ取り早く改善するには肉を食べるんだそうです。何でもいいから近くのコンビニに行って、ハンバーグでも唐揚げでも、とにかく早く食べること。単身、出張することのあるうつの知人から聞いたものです。

　私の家族は肉が好きでした。人間は幸福物質が過ぎると、不幸になるんですね。肉だけでなく魚だって少量でいいんです。人類は長い歴史の中で、体に飢餓への対応システムが出来上がっているんだそうで、逆に、食べ過ぎへの防衛策はないようです。では何をどう食べればいいのでしょうか。

「ご病人はカーッとなるほうですか？」

「はい。たちどころにそうなります」

「それなら椎茸を食べましょう」

はあ？　と私。

「椎茸って、じいっとしてるでしょう」

　でもそれならネギもキャベツもカボチャでも、動物以外のものはみんなじいっとしていると思うのですが、食餌療法の先生は言いました。

「それから昆布もいいですよ。昆布も海の中でじいっとして、ゆらゆら揺れているでしょう」

つまり、本人に似ていないモノを摂るのがいいのだとか。

「あのカツオはどうでしょう。カツオ節とか」

「カツオは秒速何メートルというように勢い良く泳ぐ、エネルギッシュな回遊魚だから、気が余った人は当分、控えたほうがいいでしょう」

そういえばわが家の病人は、あのサバ科の硬骨魚に何となく似ています。

というような事情で、禅寺の台所みたいな調理が始まりました。粗食の代表格の切り干し大根の煮付けは、毎日食べるよう言われましたが、つくづく飽きます。そもそも切り干し大根って何であんなに紐みたいなんでしょう。鍋のフタを取ると、醤油色に染まった気色の悪い紐がびっしりです。

面白くない。楽しくない。

和食の料理って究極は着流しの男がタスキをかけて、流しに立ってると様になるような分野ではないかと思うのです。生家の祖父はまさにその恰好で、私と弟の運動会の寿司飯を団扇で煽いでいたものです。

しかしそう思いながらも、やがて私は自分の一生でただ一つ物凄い料理を作ることになったのです。いよいよ病人の手術を受ける日が一月後に迫った頃、造血効果のある鯉コクを食べさせることになりました。人工心肺を使う大手術なので、体力を養わねばなりません。滋養強壮の究極の鯉コクです。

材料は鯉一匹一キログラムに、ゴボウが同量です。真っ黒に発酵してムッとする豆味噌百五十グラムに、麦味噌百五十グラム。灰汁取りの茶殻一カップと、ショウガとネギと胡麻油少々。

山の貯水池の傍にある川魚屋に鯉を買いに行って、潜水艦の影みたいに泳ぐ大きな鯉を引き上げて、店の主人が金槌みたいなのでガツンと頭を殴ったときはびっくりしました。

それをぶつ切りにしてもらって、家の台所で包みを開けると、大目玉みたいな元のまま取らないウロコが一斉に逆立っていて、私は鳥肌立ちました。触れなくて家人に鍋へ移してもらい、さてこわごわと煮始めます。

鯉は骨もウロコも全部煮て食べるのです。一時間、二時間、三時間……、まだ鯉はビクともしない。五時間ほどで柔らかくはなるけど、まだ骨は硬いです。六時間、七時間、八時間、もう家の中は猛烈な鯉の臭いです。

そうやって九時間、十時間。鯉の大骨が指で潰せるようになります。そこへ真っ黒な味噌の塊を入れると、噎せ返るような臭いの地獄汁の出来上がり。

こんな烈しい料理を冬の一月に、四、五日おきに作って、病人に食べさせました。ええ、むろん私は絶対に食べませんけど……。そして入院の朝、鯉コクの鍋の最後の一滴まで全部飲ませて行かせました。

手術の結果ですか。そのせいかどうか、とにかく手術は輸血もいらず、術後、何と一週間で病院始まって以来の最短記録を出して、家に帰ってきました。

それから月日ははや流れて五年経ち、今は出汁にカツオ節もたっぷりと使えるようになりましたが、基本的に粗食はなお続行中です。肉は一カ月に何度か食べさせるくらいです。私はたまにマドレーヌを焼いてる夢を見ます。バターの焼ける匂いが、夢の中にむらむらと立ちこめます。おかしいけど、本当に鼻先に匂うのです。

『人が見たら蛙に化《な》れ』余話

最近、ちょっとした盗難にあった。現金でも貴金属でもない。掌にのるくらいの大きさの唐津焼の陶片である。

知り合いから五十人ほど参加のミニ講演を頼まれたが、聴き手は陶磁器に関心のある人達だ。朝日の連載小説が終わった後だったので焼き物の話を頼まれたわけだが、しかし私は小説を書いただけで、専門的な話のできるような人間ではない。それで古窯の盗掘にまつわる話でもしようと思い、家にある陶片を十個ほどカゴに入れて会場へ持って行ったのだ。

九州で盗掘の被害が多いのは、唐津や有田である。これは焼き物ファンに需要が多いことを物語っている。盗掘師は昔の土地の地形を頭に描いて、埋もれた古窯を探す。ただ、見つけても窯の中に遺留物はほとんどなく、焼けそこないを捨てた物原《ものはら》というゴミ捨て場を掘るのである。そこから出土する首の折れた徳利や、口辺の欠けた壺や、逆さに底が膨らんでしまった皿や、割れた茶碗などの破片が、お宝になるのだという。

などと、県の文化財課や学芸員に聞いてきたそんな話をしながら、会場は小人数なのでカゴのガラクタ陶片を客席に回した。大半が泥に汚れた原形もしれないような破片だ。その中の古唐津の割れ皿が一枚消えていることに気づいたのは、帰宅後の夜だった。

考えてみれば、関心のある客を前に「こんな物がお宝になります」と言って各テーブルへ回したのだから、私が悪い。しかし、こんな物がお宝だと言った私の真意は、こんな物をお宝にしてしまう人間世界を言外に笑ったつもりだったのである。

人間っておかしなものだ、と。その証拠に会場は笑い声が上がったのだ。

ところが中に笑わない人がいて「そうか、これがお宝か！」と唐津の陶片に熱い目を注ぎ、それからポケットか何かへこっそり入れたのだろう。

「だいたいそんな場所へ持って行くということが、大事にしていない証拠だ」

と、その陶片を私にくれた友人は悔しがるが、私は盗まれたことに妙に感動した。『人が見たら蛙に化れ』で骨董に執着する人間達を書いたが、この盗難実話もまことに小説的な事件ではないか。古皿の破れたのを本気で盗るような小説の登場人物的マニアが、会場にいたことのほうが愉快だ。

「この世から消えたわけではなく、誰かが持っているんだからいいじゃないの」

私は友人に言った。彼か、彼女か、陶片の盗人は持ち帰った晩、それを眺めてさぞ幸福だったろう。わずかの罪の意識が混じったぶんだけ、恍惚にはえもいわれぬ味が加わったろう。

物への執着はおかしくて哀しい。

子供の頃、石蹴り遊びに夢中だった時期、近くの空き地に解体した家の屋根瓦がごっそり捨ててあった。割れた瓦の破片が堆く積まれた光景が、私の目にはまさに宝の山に見えたものだ。毎日、学校の帰りに寄っては、瓦の破片を石で擦り流線型に研いだ。もうこれで石蹴りの一生分の石を手中にした気がして、世界一の物持ちになった思いだった。

宝は人を選ぶ。人は宝を選ぶ。今の私はもうあんな瓦の破片を宝とは思わない。またあの盗まれた唐津の陶片を宝とも思わない。陶片は小説を書いたときの資料であり、また古い物の美しさを晩酌のひととき小声で語ってくれる相手ではあったが、宝というような大袈裟な存在ではなかった。

前述の盗んだ人にはそれがお宝となったのだろう。会場にはお金に困るような人達がきていたわけではない。名前も住所も勤務先も知れている会員制の講座である。カネでもなく宝石でもない、一個の小汚い陶片のために盗人となってしまった。しかし宝とは、そのようにしてさえ手に入れるべき物なのだろう。

そういう私だって、連載中の取材で有田へ行ったときは、町の家並みを一望したとたん何とも言えない気持ちに襲われた。有田の古窯は長い間に何度も場所を移し、今は家々の下、地面の下にまだ幾つも眠っている。土中に古伊万里の陶片を呑み込んで、町ができている。絶望的な蓋がかぶさっているのだ。

韓国取材のときも、李朝の古窯群が埋まっている土地に高速道路が走っていた。国土開発にまっしぐらの国である。近くには掘り出した数基の古窯がドームで覆われて博物館になっていたが、一帯は工事中にザクザクと陶片が出たという。それを埋めて高速道路はできあがったのだ。私にはアスファルトを引き剥がす怪力もない。轟々と車の走る道路をただ眺めるばかりだった。

骨董屋を主人公にした『人が見たら蛙に化《な》れ』を書こうと決めたとき、盗掘という商売もこの中に加えようと思った。業界は骨董屋という店師だけで成り立っているわけではない。店師はこれという物を市で競り落として客に回す。眼力の勝負であることはむろんだが、つまりは物をカネで回す。

一方、盗掘師は自分の手で古窯を掘るのである。こちらはカネではなくて人力だ。この商売だけはじかに聞きに行くこともできないので、県の文化財課や博物館の学芸員など、盗掘を防御する人達のほうへ手口を取材に行った。

いわゆる三Kの仕事である。人目に知れない夜間。できれば雨の晩など格好の条件。だがそんなときほど事故は起きやすい。掘った穴の崩落事故、イノシシやスズメ蜂、マムシに襲われるのも珍しいことではない。ウブの陶片という お宝は、そんな危険な作業の中で掘り出される。

その話をしてくれる博物館や埋蔵文化財センターの人々も、やはり三Kの掘り方に従事する。盗む方と、阻止する方と、立場は違っても似ているのが興味深かった。古窯跡の湿った土を掘るので、腰痛と痔疾は一人前のスタンプのようなものだ。

泥付きのウブを掘り出して愛好家の手に供給する盗掘と、古陶磁の研究資料として窯跡を守る人々と、相対する世界がにらみ合っている。掘れば土の古層が壊れて、資料的価値が一瞬のうちにふいとなる。陶片は文化財としての貴重な資料か、市井のマニアが夜毎に布団に抱いて寝る愛玩物か、陶片にとってどちらが幸福かは、陶片自身に聞いてみたい気がする。

人間の欲望や執着も様々だ。衣・食・住の、生きるに必要な切実な対象からずいぶん離れて、人間は遠くの物を欲しがるようになったものだと思う。

今、私は小説を書き終えて、憑き物が落ちたように骨董から離れた。書きながら見てきた、物への執着の世界の熱狂。おかしくて哀しい世界を抜けた。

折しも、我が家の犬が死んで残した物はエサ入れの容器と首輪とブラシだけだった。その簡素極まる犬の生活にハッとさせられた。物、物、物にとらわれて、人間はじつに厄介な生き物である。

だが連載がすんで机を片づけると、我が家に残った骨董も、多少の陶片と李朝の小皿くらいだった。これで私も犬なみに簡素、手ぶらの身となったわけだ。風通しが良くて、気持ちがいい。

名文を書けない文章教室

もう十五年以上も前になるが、友人を通じて地元北九州にある朝日カルチャーセンターの文章講座を頼まれた。そのときはひどく当惑したものだ。

作家だからといって文章に自信があるわけではない。小説の文章は個性があるほどいいのだから、個性が過ぎれば悪文となる。それで通る奇妙な世界で何とか文章を書いている者に、いったいどんな文章講座の講師が務まるだろうか。任期は三カ月でいいからやってほしい、と友人を介しての頼みだった。これはあきらかに選択ミスである。

しかしそのとき、私は一人の知人がくれた手紙のことを思い出したのだった。関西に住むその知人はある雑誌に小文を載せてもらうことになったが、書き直しを八回もやらされて文章がズタズタになったという。腑に落ちないので読んで欲しいと言って、添削の朱で真っ赤になった原稿を同封してきたのである。たった原稿用紙数枚の文章だ。読むとまさに重箱の隅をつつくような指摘が余白をびっしりと埋めていた。

いったい完璧な文章を書いたところでどうなるというのだろう。それらは内容の充実には少しも寄与していない枝葉末節の注意ばかりだった。部分の添削よりも、テーマに即して書き足りない箇所や、書きすぎて冗漫になっている箇所を指摘するべきである。正確な文章が機能を果すのは新聞記事と公文書くらいだ。多少悪文でも本人が乗ってどんどん書いてしまうような、そんないい気な文章のほうが本当は味があるものだ。

そんなことを考えて、三カ月間だけ私流儀の講座を受け持つことにした。講座名は「名文を書かない文章教室」だった。すると案の定、名文を書けない受講生がゾロゾロ入ってきた。小説の賞に応募したいというような変な志のある人物は皆無で、とにかく原稿用紙の書き方も知らないが何か書きたいという愉快な人々だった。そこで私の言ったことはただひとつ。

「文法の間違いなんて後から直せる。気にせずどんどん書いて下さい」

それで安心したのか、出た、出た。子供の頃に見た盲目の馬の話だとか、出征して玉砕寸前の島から数名だけ生き延びて帰還した戦争体験だとか、悪文の名作の、抱腹絶倒、涙の滴るような作品がいろいろ出て、それに少しずつ推敲を加えるうち、三カ月が過ぎて教室はそのまま続行となった。泥つき野菜の家庭菜園に靴を放り投げて飛び込むような気分だ。

　そのうち北九州だけでなく福岡の朝日カルチャーセンターからも要請があって、こちらにも「名文を書かない文章教室」が開講した。えい、一つも二つも変りないか、と月に二回通っていると、二年前、福岡教室の一人の生徒が、

「授業の内容が面白いので、本にしませんか」

と奇妙なことを言ってきた。この生徒はまだ独身の若い女性で、酒を飲んで救急車で運ばれた傑作エッセイを書いたことがある。じつは地元出版社の編集者だということがわかった。意志薄弱の人間は何でもハイと返事する。断るより受けるほうがエネルギーは要らない。それで「そのうちに」と引き延ばしていると、あいにく福岡の朝日カルチャーセンターの階下は朝日新聞西部本社で、階上の情報は階下へただちに流れて結局、新聞に二年連載で書くことになった。

　朝日カルチャーで話した内容を、毎週一回新聞に書いていく。これなら編集者は私を急かせる手間は要らず、自動的に紙面の締め切りに追われて私の原稿は上がっていくという仕掛けである。その代わり彼女には教室の宿題を報復としてたっぷりと出した。だが愉快だったのは文章講座の原稿を書く私が、担当記者によく文章の添削をされたことである。文法は私の最大の不得意だ。

「ここ変じゃないですか?」

「あらホント」

という具合に書き直す。プライドと節操のない講師である。しかしそんな者でも文章は何とか書けるのである。さて、世の多くの人々が難しい、難しいと言っている文章とは何だろう?

すなわち心に思うことを字に変換する仕掛けである。

こころという奇妙

長年、小説を書いてきて、小説は想像力との闘いだと思っていたが、人の心はなんと想像力のおよばないようなところで、とんでもない動きをする。この年になって私はそのことに驚いている。

夜更けの女同士の長電話で、年下の友達にふと尋ねたことがある。

「あなたのご主人が手術して良くなりかけた頃ね、あなた、そのとき、どんな気持ちだった？」

彼女の夫は肝臓がんを切ったが、幸い手術はうまくいって職場復帰を果たしていた。頑健で飲んべえだった夫の病に、彼女は結婚以来初めて膝を突きかけたが、夫は生還したのである。だが彼女の答えは苦渋に満ちていた。

「あのころはもう腹が立って腹が立ってなりませんでした。私、毎日、主人に難癖をつけに病院へ通っていたようなものでした」

ああ、この人もやっぱり、と私は聞きながら思うのだった。病気を乗り越えて立ち上がろうとする夫に、本来なら手を差し伸べて温かい言葉をかけるはずなのに、いや、病中はまさしくそうしてきたのに、治りかけた夫を見るとふつふつと怒りが湧いてくる。

「主人はベッドでしょぼくれて、自分の手の爪など噛んで黙って堪えているのに、それを見るとまた私はたまらなく腹が立ってくるんです」

そうだ。私もそうだったと思うのだ。しかしそんなこと、彼女のほかに誰も口にした者はいないのではないか。私にはそれが不審だった。

かれこれ五年前、私の連れ合いは胸部大動脈瘤と診断された。丈夫な体で、よく酒を飲んだ。心臓血管系を病んだのはごく当然だったかもしれないが、私には青天の霹靂だった。

昨日まで打っても叩いても毀れないものと思っていた連れ合いの体が、今日は破裂危険物になったのだ。大動脈が破裂すると、心臓から出る血液は十秒で体を一周する速さだから、救急車も間に合わない。

破裂を防ぐには急に血圧が上がらないよう心がける。熱い風呂、寒い場所、咳、クシャミに注意。動かない。怒らない。心を穏やかに保つ、これが一番の難事だ。車の運転もやめる。走行中に破裂すると他の車を巻き込む事故になりかねない。まさに爆発物扱いである。

治療は外科手術しかない。人工心肺を用いて、脳へ流れる血流を保護するため体温を二十度まで下げておこなう。それでも脳障害や下半身麻痺、命を落とす率も五パーセントはある。一年近く手術を引き延ばして食養生をしたが結局、刀折れ矢尽きて手術台に上った。結果は執刀医の腕と食養生が功を奏して手術は成功し、病院始まって以来の記録で退院することができた。ところが手術の後から私は想像もしなかった自分の複雑な気持ちと向き合うことになったのである。

先に書いたように、女友達の述懐とことごとく符合した。病に倒れた連れ合いの腑甲斐なさ。そして快復していく連れ合いの姿の忌々しさ。私はあれほど夫が治ることを請い願ったのに、これはまた何という矛盾だろうか。

「私は死ぬから、あなたは治って再婚でも何でもしてくださいと、そんな悪態も吐きました」

いったいなぜそんな心の動きになるのか。書店に並ぶ闘病記の類にそのことに触れたものは目にしなかった。そうして月日が経ち、当時を顧みると見えてくるものがあったのである。

病人は体を切られて治るが、そばの家族にはその手術という身に起こる事実がない。一緒に三途の川を渡りかけたはずが、病人だけ元の岸に戻って、もう一人はまだ川でうろうろしている。その取り残された者が妻たちかもしれない。

こうなれば、こう動く。そして次にはこう思う。そのように予想し想像していたことが外れていく。人間の心の動きの不思議さ。心を操るものはもっと奥深い所にある。

これまで自分から遠く離れた所に筆を下ろして小説を書いてきたが、今度は初めて自分の胸元近くに筆を置いて、老いと病と夫婦の心の在り方など小説に書いてみた。タイトルの『あなたと共に逝きましょう』（朝日新聞出版）は、理想通りにはいかない食い違いのある夫婦だからこそ、わざと逆につけてみたものである。

同人雑誌の志《村田喜代子の世界》【対談】大河内昭爾（文芸評論家）×村田喜代子

村田喜代子は僕が見つけた

大河内　あなたの尾崎一雄論は、最高の尾崎一雄論だ。出色のものですよ。あれはあなたが尾崎一雄を選んだ?、それとも出版社が?。

村田　あたしが尾崎一雄を選んだのだと思いますよ。

大河内　いいえぐり方で思いがけない対象を選んだようにも思いましたが自分の世界にとりこんで見事でしたね。尾崎一雄の「虫のいろいろ」にあなたの中の世界が出てくる。

村田　尾崎一雄もぐーっと目を絞っていって視線を近づけていって、そこから視野をぐーっと拡大するようなところがありますものね。「虫のいろいろ」のときにすごく感じましたものね。だいたい「暢気眼鏡」を読んでみても、ああこういうことするんだなと思いました。

大河内　言われて見てはじめて共通性があるんだと悟った位で、それまでは尾崎と村田さんは全然別個な世界だと思っていましたからね。

村田　それに続いて好きな作品は「すみっこ」ですね。すみっこ、というのは蒲団の端の角のところですってね。それで東京の読売ホールで講演したことあるんです。日本近代文学館の主催で、わたしの前が阿川弘之さん、その後わたしが尾崎一雄について喋ったんですよ。そしたら尾崎さんの奥さんがみえていたんです。七、八年前ですか。私どなたもいらっしゃらないと思って、そしたら控室に梅干もってみえられてね。その梅干がすごかったです。十年物で見事に干し上がっていた。そのときに講演で話したんですけど、わたしは「すみっこ」に書かれていたことを本当の話と思ってしまったんですよ。尾崎一雄さんだから、私小説で、まぁ気の毒なこと、子供を電車で死なせてどんな思いがしただろうと。

大河内　年譜を見たら誰も子どもは死んでいない。私も聞いたことがない。

村田　ええ、それを奥様も聞いていらしたんですね。おかしかったと思うんですよ。だってわたしに梅干の土産を渡そうとみえていらしたわけでしょう。だから聞いていらしたわけですよね。おかしかったと思います。

大河内　われわれには尾崎一雄のことは常識みたいなことであなたのような視点が持てなかった。たまたま「季刊文科」の三四号で尾崎一雄さんと尾崎士郎さんのお嬢さん二人と鼎談しているのですよ。だが、あなたの誰も死んでいないという、あの台詞は面白かった。

村田　確かにぐずぐずぐずぐずと書いて、読みにくい小説ですよね。あんな読みにくいものは私小説しかないとおもったんですよ。それが違ってたんです。それが神と仏とかあるものでしょうか、とえんえんというじゃないですか。あそこが妙にしつこくて、妙に良くてね。

大河内　あなたは何でも新鮮な見方をするなあ。この間、ぼくの郷里の都城であなたが「蕨野行」について講演してくださったけど、遠野物語が下地にあるにしても独自の世界を自分で作り出すでしょう。「鍋の中」をつくりだすようにね。僕があなたに惹かれたのはそういう世界を紡ぎだす感性だな。

村田　大河内先生はいちばん最初にわたしの作品の何をよまれたわけですか。

大河内　一番先は同人誌の「家族あわせ」にまず感心したのかな。それから「山頂公園」。そしたらこれが（古い「文學界」の中から手紙を出す）挟んであったんですよ。これ、見たくないでしょう。

村田　いや別に（笑）。この作品をダメだと言った方々はみんな亡くなられてしまったんですもの。ああ、そうか。その封筒の宛名の文字、わたしの字としては一生一代ね、丁寧な字ですよ。いつもはこんな丁寧な字は書かないです。ものすごく丁寧に書いているんですよ。わたしの字かな、わたしの字ですね。

大河内　同人雑誌係気付できているわけだ。まだ僕の住所を知らないわけよ。これは大事にしてとっておかなければいかんな。

村田　亡くなった飯沢匡さん。あちらが「鍋の中」を舞台にされたんですが、そのときに手紙のやりとりがあったんです。後日、飯沢さんが人におっしゃったそうです。村田さんの印象は字が大きくて、宛名の東京都新宿区で、もう封筒の下までできてしまうって、ふふ、悪筆だけど字が大きいことが良いことみたいに言われました。でも村田さんは字が大きいというのでインプットしたというんですよ。この手紙はそうじゃないでしょう。ものすごく丁寧に書いてあるでしょう。

大河内　これは貴重品ですよ。

村田　相当緊張して書いてますよ、これは。ほんとうに立派な内容ですよ。

大河内　学生から手紙をもらったような気分でね。これはいい手紙を貰った。

村田　「文學界」の豊田編集長にもまだ無名の頃に出したことがあるんですよ。そしたら豊田さんが、退職されて文春を去られるときに「村田さん、こういう手紙覚えてますかって」わたしに返してくださった。

大河内　これも返さないかんかな。

村田　中を読んで、わぁぁぁっと思ってね。自分が腑に落ちないときは手紙を出すんですよ。新潮に女性の編集長がいらしたでしょう。そっちにも出しましたよ。講談社の天野部長さんにも出しましたよ。何か腑に落ちないと出して、聞いてみるんですよ。自分の作品を売り込むのとは全然違う。作品は送らないですよ。質問だけ送るんですよ。

大河内　これはなかなか印象に残っていますよ。しかしどこへしまったかと思ったら、「家族あわせ」ベスト5にえらんだ「文學界」の中へしおりのように挟んであった。「文芸九州」の。「家族あわせ」は今月の佳作だとえらんでそのあと三回か四回ベスト5に推した。非常に惚れこんだわけだ。

村田　有難かったのは同人雑誌に入っている間に、同人雑誌はお金がいりますでしょう。まだその頃、結婚して子ども二人小さな子がいる大変な時期でね、そんなに作品書けないんですよ。書かないうえにお金がいりますでしょう。書いたときは絶対にお金払って同人雑誌に載せてもらうようにして、それがすべて同人雑誌推薦作になったんです。だから、全部当りでしたから、確率としてはいいですよね。

大河内　最初にベスト5のトップにしようとしたとき、「蝶」というのがあって、これはきちんとできた作品でしたね。それで「蝶」と「家族あわせ」とどっちを上にしようかと悩んだ。

村田　「蝶」というのはどなたが書いたんですか。

大河内　水田敏彦という名古屋の「作家」に所属していた人です。どっちを選びようがないとき、僕が好きな「曾津八一」を論じた堀厳という人の作品の方をえらんだ。「ＡＭＡＺＯＮ」という雑誌でしたね。評論もたまにはいいとおもってそれを載っけたんです。そしたら朝日新聞の「文芸時評」で同人誌の評論が転載になるのは初めてだと、それをかえって誉められたんですよ。いずれにしてもあの時「家族あわせ」を出さなくても良かった。何故かというと次のあなたの「熱愛」が芥川賞の候補になったでしょう。やっぱり出てくるんですよ。とにかくよく勉強する。「人が見たら蛙に化れ」なんていうのも勉強をしないと書けない。不思議なタイプの小説家ですね。期待していたら芥川賞を取った。そうすると卒業生が偉くなって大臣か何かになったのを、もとの恩師が自慢気に言う、あの気分になっちゃう。

村田　先生、そんなことおっしゃると田舎の恩師みたいですよ。本当は大学の学長さんだったのでしょう。

大河内　あなたが由布院に福島次郎さんを連れてきたでしょう。僕のところへ電話がきた。むくつけき男を連れて行っていいかと、そのとき僕はあなたは独身なんだと思った。ええ、どうぞどうぞといったら、連れてきたのが福島次郎だった。

村田　こないだ（二〇〇六年二月）亡くなった……。

大河内　福島次郎の「バスタオル」を再掲載して追悼小特集にしました（「季刊文科」三四号所収）。

村田　遺作になった「淫月」（宝島社）がすごくいいってみんなから電話がかかってくるのですよ。あの人はあんなふうだから誰にも送らないのです。あっちからもこっちからもすごくいいって言っていましたよ。

大河内　「淫月」を再掲載しようという声もありましたがまだ本になったばかりの印象ですし、「バスタオル」が登場作で手に入りにくくなっていたから「バスタオル」にしました。

村田　彼については面白い話がいくつかあるのです。「剣と寒紅」を書く前に、友人たちと温泉に行ったときに、彼から聞いた話があるんです。三島さんの葬式に手伝いに行った話とか、奥様から早く帰れといわれたとか、三島さんのお祖母さんのお見舞いに行った話とか。そういうことは書いちゃいけないのじゃないかとわたしは思うのです。彼は三島さんのラブレターを神田で売るくらいの人ですからね。印象に残った話というと、「憂国」の撮影所に行ったとき、中は冷凍庫のようだった。おかしかったというのです。鬼気迫る。自分も鳥肌立ったというのです。その後主演女優が精神病院に入ったとか撮影所の中の様子が普通じゃなかったというのです。二・二六事件の何かがあるのじゃないかと。とにかく異常だったという話とか。あの人そういうことを感じる人なのです。三島さんの葬式のあと彼が母屋の方の留守番をさせられた。三島さんのお父さんが家にいるときの様子とか。きみ、そこ掃除機で吸い取ってくれとか、冷蔵庫のなかのものは食べていいけれど、いいかいバターというのは、こういうふうに削っていくのだよ。わかったね、いいかい。なんてすごく念を押すらしいのです。パンの上にジャムを乗せるときは、いいかい、こう持って、こうやって、こう乗せるのだよ。汚く塗っちゃあ駄目だよ。こうやるのだよ。って、もう煩いっていうくらいにしつこく言うのですって。そういうお父さんだったという話。

大河内　三島にもそうやったのだな。

村田　作家の目で見ているからじつにこまかく眺めていて、こういう人に観察されるとたまらないなぁ……と。

大河内　おもしろいのは、葉書をいっぱい用意しなさいという忠告ですね。なんでもいいから葉書による応答を敏速にするという提案はおもしろいですね。それはいい教えだなと思ったのだけど、バターの切り方までね。

村田　こうもってきて、この口でこういくと。やって見せるのですって。いいかい、ここからいくのだよ、こういっちゃあいけないよって。

大河内　ちょっと神経症的だなあ。

村田　忘れられないのは、奥さんは彼がうろうろしているのが嫌なのですね。機嫌が悪くなるので、お父さんが「もう君帰りたまえ」って、葬式が済んだら追い出されるのです。夜行で福島次郎は帰るのです。車中で寝ていたらだんだん寒くなって、たまらなく寒くなってくるのですって。列車の音が、ガンガン響いてたまらないのですって。そうしているうちに、自分がふらふらっとして、はっと気がついたら外のデッキに出ていてゴーッという音でハッとなって、這うようにして自分のベッドに戻って、なんでもいいからとにかく拝んでいた。そうしているうちにまた引っ張られていく。その怖さというのは堪らなかったといっていました。

大河内　霊を感じるほうなのか、三島の霊気が特別強いのか。

村田　わたしはそういう経験がないのだけど、あの時は彼の様子で、そういうのがあるのかもしれないと一同、思ったのです。

大河内　映画を競演した人が発狂したという話もありますね。それに関わった人というのはみんなおかしくなった。

村田　霊気で凍えるようだったと。

大河内　そういうこともあるのかな。

村田　三島と一緒に宿にいて、痴話喧嘩して三島さんが怒って帰る話とか。今来たばかりなのにトランクの荷物を全部つめなおして、それが下手くそだから詰めきれないでとか、そんな話を一杯飲んでなつかしそうにしていましたけど。

大河内　それはちょっと小説にふれていますね。熊本に講演に行ったとき、食事のときに直木賞の光岡明さんと彼の間に座らされたのですよ。そしたら女性的な食べ方をする。僕が話しかけたら、身体を避けるように女のしなを作るところがあった。

村田　昔、若い頃にみんなで一緒に旅行に行ったことがあるんです。そのとき貸切りの民宿の玄関口で、わたし、煙草を吸っていたんです。フレアースカートをはいていたから、行儀が悪いけど見えないからって片膝立てて煙草を吸っていたのですよ。それを三十年近く経って福島さんが言うのですよ。あんたはこんな格好していたって。真似をするのですよ。その真似がわたしだとただ行儀が悪いだけだけど、彼は女っぽいから、太った手でしなを作って、短い足を立てて真似するのです。おかしくてですね。イングリッド・バーグマンみたいだとかいって、やっていたのですけど、ああ、この人、何十年もたってそんなことを一生懸命覚えているというのは多分、こういうポーズっていいなと思って、三島さんのところへ行ってそれを真似したのだろうなと。そうか女ってこうするのかって、だから一生懸命覚えていたのだと。

大河内　あなたを女優に見立てていたのですね。しかしどういう付き合いで始まったのですか。熊本と福岡で。

村田　書く世界というのは狭いから、近隣で集まってね。あの人もあまり偉い人の部類に入らないから、自然とね。

大河内　同人雑誌仲間みたいなものなのだ。由布院に連れて行っていいですかという電話があったとき、どういうつながりかと思った。

村田　「バスタオル」が出て間がないときだったから、同人雑誌評担当の先生方が大分まで見えるのだったら、福島さんを行かせたほうがいいのじゃないかなと、わたしは思ったのです。心配りです。

大河内　あなたが同人雑誌の推薦作で出てきて、あなたが出てこなかったらわれわれも十年二十年やっていて張りないところだった。それから福島次郎も同人雑誌の方で「バスタオル」がはずみで三島由紀夫のことにからんで出た。あなたが出てきたおかげで、われわれも弾みがついたのですよ。

村田　同人雑誌からというのはわたしくらいですか。

大河内　長く続いていたのはあなただけですよ。あなた方は十年もやっていてなにかめぼしいことはありましたかって。そうするとすぐに答えられるのは村田喜代子がいるじゃないかと。あなたが九州芸術祭文学賞をとっていなかったら、俺たちが見つけたのだといえるわけですが、あの時は九州芸術祭文学賞があなたにあまり影響を与えていないということでしたから、まぁ、ぼくが最初に見つけたと自慢していいわけだ。

村田　そうですよ。

大河内　都城のスピーチで言ってくださったからね。わたしの手柄のように。

村田　同人雑誌で書いている頃に家を建てて引っ越ししたのです。北九州から中間市の方へ移ると同人雑誌の会合が、門司ですごく遠いのですよ。子供もいるし大変だから一人で書こうということで、一緒に書いていた女友達は電話でいつも喋っていますから、少しもさみしくないから。タイプライターの払い下げ、百万円のを十万円で買ったのです。当時ワープロは文豪が出ていましたけど、五十万円もして一般にはまだ出ない頃です。縦書きができなくて、あんなもので小説なんか書けません。タイプライターでしこしこ打って、まてよ、これだけ打てるのだからこれを生かさなさいともったいないと思って、表紙をつけて五部作って、同人雑誌に送ろうと。五部作るのも大変でしたよ。あの当時、どこにでもコピー機がないのです。日曜日に主人の会社に行って、わたしがコピーする、子どもたちがホッチキスで止める。表紙を作らなければならない。「文學界新人賞発表」というのが新聞に出ていたのです。「文學界」の広告。その発表という文字だけを鋏で切って、それをコピーで五、六回拡大すると大きくなるでしょう。それを表紙につけました。

大河内　個人発表の「発表」かなと思いましたね。

村田　それに社をつけて発表社としたのです。八部くらい作ったかな。

大河内　意味づけはあまりないのですね。「熱愛」なんか、なんでこのタイトルは「熱愛」なんだ。そしたらアメリカの小説でいいのがあったからつけたという。芥川賞の選評で三浦哲郎さんもあの「熱愛」というのはどういう意味だと言っていた。みんな迷わされた。

村田　あのタイトルでは、みんなに言われましたよ。でも本人にしたら「熱愛」なんです。

大河内　あれはいい作品だ。文壇登場という新鮮さがあった。
村田　あれを書いたのは男だと思ったのですって。「文學界」の人が言っていました。村田さん、みんなね、男が女の名前で出したのだろうって。
大河内　オートバイで走るからね。僕はもうすっかり乗りなれた人かと思った。
村田　自転車も乗れない。
大河内　このときの「文學界」の合評作はみんないい作品だと感心しましたね。「家族あわせ」のときは僕が一人舞い上がったのかな。
村田　「発表」には「山頂公園」とその前に「黄色いケーブルカー」「幸福の電車」というのを書いて「羊頭祭」というのを書いたけど、それは出さないまま。
大河内　炭鉱の砂のなかに子どもがだんだん埋もれていく話が第一号にあった。あれは成功してなかったから取り上げなかった。主題はおもしろいと思ったけど。
村田　自分もだから忘れているのですよ。結局三号まで出して潰したというか、自然消滅ですね。同人雑誌を出している暇はないのですよ。「熱愛」が芥川賞の候補になったものだから次に書かなければならなかった。編集長が芥川賞は落ちると思っていいのだから、選考日のことは考えないで次の「文學界」用に書きなさいといって、そっちに追われていたんです。選考会の日もろくに覚えないくらいでした。
大河内　東京にいないから、かえってよかったじゃないですか。東京に居ると、どこにいるか連絡を取れといわれる。そうすると期待して、駄目だと落ち込む。それがないからいい。

村田　ずっと編集長の湯川さんは言っていたのです。あなた取れませんからねって。だから取れると思わなかった。わかりましたって、だから次のを書きなさいって、それはずっといわれましたね。「鍋の中」のときは、はじめて、もしかしたらいいところへ行けばいいのになあって。

大河内　ぼくなんか、「熱愛」だけでも賞をやっていい、新鮮さがあるもの。次の「盟友」というのは便所掃除の話。高校生が罰を食らう。便所掃除をやっているうちにだんだんに楽しくなって、ついに女子高校生の便所まで綺麗に……という。作品にアイデアがあった。アイデアに村田さんの場合は土俗的なものが絡むから存在感が出る。昭和五十六年に同人誌評ではじめてとりあげているんですね。

村田　でも同人雑誌評って続きますよね。二十何年ね。

大河内　「季刊文科」は同人雑誌評が土台です。四人の合評者と、それに吉村昭、秋山駿の両氏を引っ張り込んでの編集です。同人雑誌評の土台があるからやっている。また同人雑誌の人たちが読者でもあり、執筆者でもあり時流にこびないしあなたなど文壇の人も書いてくれるから商業文芸誌と一味ちがった文芸誌になっていると思います。同人雑誌評をやっているとよくつきあっているなと、プロの批評家は気の毒がる。でも村田喜代子さんみたいな人が出てくるからねと、まるで自分が引っ張り出したように言うと、みんな納得してくれる。村田さんだと新鮮な活力がある。手柄なのですよ。

村田　文芸同人雑誌って後継者がね。地元の

「九州文学」もなかなかです。そのあとを作っていない。みんな自分が書くのに忙しいから。

大河内　やっかみもあるかな。

村田　人間の世界ですからね。どこも……。

強度の吃音で中学卒業だった

大河内　「熱愛」にね、1、2、3と数字がついていたでしょう。あれなんなのだろうと思っていたら、映画のフィルムのシーンを想定していたんですね。いかにあなたが楽しげに書いているかという様子がわかるのだよね。

村田　もともとは、最初は映画のシナリオの方を勉強していたでしょう。だから小説を書く筋道はわからないけど、映画のシナリオの書き道は分かるのですよ。

大河内　一生懸命勉強したのですか。

村田　はい。わたしがなんで中学しか出ていないかというと、今では信じられないですけどすごく吃っていたのです。伯父が吃ってまして、面白い伯父で吃りまくりながら喋る人なのです。それを聞いているうちに伝染《そま》ってしまった。もう……。小学校一年生のときに祖母が竹の筒に酒と卵を入れて、滝に願をかけに行ったのです。でも治らなかった。祖母は可哀相だったです。弟はおねしょ、わたしは吃るでしょう。母は再婚して出て行ってるし。学校で自分の名前を言わせるでしょう。それが詰って最初の一語が出ないから、教師が、お前は自分の名前も忘れたのかって。言えるけど言えないだけですって言うのですよ。それが言えるのに何故言えないのだって。

大河内　やっかいだね。

村田　吃音というのはそういうものなのですね。いらないことは山ほど言えるのですよ。ひとこと言えっていうのは言えない。べらべら喋れるのに、国語で、読めっていわれると詰って出ないのです。

大河内　神経症的な比重が大きいですね。

村田　中学三年の終わりに、親にも祖母にも誰にも言わないで就職組の方へ入って、工場見学というのについていったのです。町工場です。八幡製鉄所、新日鉄のお膝元でしょう。大きな下請け会社だけでも五百社あるのです。その下は何千社ですよ。その下の方ですね、中学卒だから。そこに工場見学で行ったのです。溶接をやっているのですね、面白そうでした。ピッとやったら火花が出る。それから溶かした鉄をくっつけていく。ここに入ろうと思ったのです。わたしはそこでもう採用が決まったと思っているわけですよ。中学三年の馬鹿ですからね。次の日の朝、祖母に「今日から工場へ行くから、お弁当作って」っていったら、お弁当を作ってくれたんです。弟は男の子だから先々大学へ行かなければならないからというので、母の婚家に行っているのですけど、わたしなんかはほったらかされているから、弁当を持って工場へ行くのです。まあ、その工場も工場です。私が行くと工場のおとなたちが声をかけてくれるわけです。「昨日来とったあんたねえ」っていうわけで、「おいで、おいで」って。男の人たちは「溶接の仕事面白いよ、ねえちゃん、してみるか」とかいって教えてくれるのです。二十日くらい続けたの。誰も何も言わない。楽しかったのですよ、わたし。そしたらある朝、教師が迎えに来たのです。泣く泣く引っ張られて連れられて帰ったのです。だから卒業して校門出るとき嬉しかったですね。中学で辞めたというのはそういう経緯があるのです。ほんとに吃音がひどかったのですよ。

大河内　ぼくはまた家庭の事情があって行けなかったのかなと思ってね。昭和二十年の終戦の年に生まれて、まだ戦争が終わったばかりで乱脈なことを誰も怪しまなかった時代ですね。

村田　ふしぎなことに吃音は自然と治りました。学校やめたのがよかったのでしょう（笑）。

大河内　映画が好きだったんですか。「家族あわせ」の出だしなど映画的でしたね。

村田　映画のシナリオの形が好きだったのです。伊丹万作の『赤西蠣太』というシナリオがあるのです。面白いストーリーで、当時伊丹万作はコンテだから、文章じゃなくてシーンナンバーでやっていく、ト書だけなのです。それが前衛詩みたいなのです。花火のシーンなんか、花火、夜空、花火、夜空、花火、花火、花火ってこうなるのです。こんな形式があるのだったら、映画のシナリオを勉強したいなって思ったのが、中学二年だったのです。そのとき北九州の古本屋ばかり回っていろんなシナリオの本を集めて読んでいました。

大河内　普通の中学生とはやはり違うのだな。

村田　学校に行かなくて、仕事でも行っておけば、三日働いて三日休んで図書館で勉強しようと。そうして市立図書館に行って映画芸術のコーナーは読まない本はないくらい。

大河内　こりゃ、普通の中学生と違うわな。

村田　野田高梧の「シナリオ入門」とか、ドラマツルギーの葛藤の要因というのを、全部含めても五〇何種類しかないけれど、一説には八十何種類あるとか、なるほど。おおもとはパターンなのかと。あとは細部なのかと。エイゼンシュテインのモンタージュ論は面白かったです。だからわたしは未だに小説は、ぐだぐだいっぱい書いてうるさいなという感じがあるのですよ。ああでもないこうでもない、うるさい文章の形だなと。その点、映画は花火、花火、夜空、夜空、花火で終わりでしょう。だから書くものが映像が浮かぶような場面じゃないといやなのです。

大河内　「家族あわせ」がそうですね。西部劇の映画と同じだ。会社の金を使いこんでクビになった父親を取材に来る新聞記者がやってくる。西部劇で原野を馬でやってくるのを、鉄砲かなんか用意してこっちは待つという出だしですよ。あの雰囲気の冒頭がよかった。親父が家族を連れて海水浴に行くでしょう。会社を首になったのが夏休みがあけるとばれる。そういう家族の不安というのが、夏、海岸に行って、子どもたちは無邪気に遊ぶ。奥さんが見ていると、旦那さんはだんだん泳いでいって戻ってこない。そう想像する。家庭にいきなり出現する不安を「家族あわせ」はうまく書いている。ベストファイブに選んだ。それから三作くらい意表をつく作品が続いた。

村田　以前に北川冬彦という人が、シナリオ文学運動の本を出していたのです。シナリオというのは映画に従属するわけじゃないですか。スクリーンに映像が映らなくては意味ない。そこで北川という人は、映画化を前提としない読む脚本として「阿Q正伝」をシナリオで書いたのです。それを中学の三年頃に読んで、こういう文学の形もあるのだと驚いたものです。シナリオやめて小説を書いている今も、多少その気持が残ってます。だから今も小説家という実感は薄いかもしれないです。何かやっぱりどまぐれて行き場がないから、隅の方で書いているというような。

大河内　それで物語が造形できるのだから、すごいですよ。

何かが後押ししてくれた「蕨野行」執筆のとき

大河内　「蕨野行」というのは異色ですね。こういう作品世界を作り出す人はいないです。「遠野物語」にだってこういう語り口はないわけでしょう。あなたが作ったわけだ。

村田　はじめは東北弁で行くかなと思ったのですけど、東北弁はいくらなんでもおかしいと、東北弁で書くと東北の話になってしまうでしょう。方言というのは大阪弁で書くと大阪になるし、ニュアンスが限定される。

大河内　東北の人が読むとこれは違うということになる。

村田　純粋な方言じゃなくて古語みたいなものを思いつきました。

大河内　琵琶の歌が聞えてくるという余韻で、御詠歌のリズムが生きている。読んでいて一つのリズムがあって調べがいい。この説話では肝心なことです。

村田　ちょうどあの頃、「文學界」の編集長が湯川さんだったときで、取材で大分に行ったのです。何人かで宿でお酒を飲んでいるときに、芥川賞を貰って間がないのだけど、あなた次を書かなければ、という話のときに、あなたにぴったりの題材があるよというので、柳田國男の「遠野物語」の一節を聞きました。村田さんこれって面白いだろう。通いの姥捨ての話じゃないですか。

大河内　深沢さんとはまた一味も二味も違うのだ。

村田　あなた向きだって言うのですよ。湯川さんがよく言っていたのは、あなたは地面の上をしっかり歩いているのを書くのじゃなくて、地面から少し浮き上がったところ、すごく浮き上がってしまわないで、すれすれに浮いたところのものを書く。

大河内　編集者というのはうまいことをいうものですね。

村田　そういう宙吊り状態の世界を書くので、この題材を教えてくれたのです。姥捨ての野にいるときは、死んでいるのと同じ。死者の予備軍ですよね。死者の予備軍が毎日、仕事にもどっていくわけです。村の畑仕事の手伝いに。ああいうのは必ず境界線の川みたいなのがありますよね。結界が。そこを出て行くと生者の方へ入る。そしてまた夕方になったら、死者のほうへ戻るわけでしょう。姥捨ての丘があって、向うに墓所があって、あっちには今まで生きていた村があって、その構図がわたしにはすごく面白かったです。するとこの姥捨ての年寄りたちは、生きてもなく、死んでもなく、宙ぶらりんの奇妙な人間たちです。わたし引越しって好きなのですよ。今まで住んでいた町のみんなが見送ってくれます。さよなら、元気でねって、子どもとか夫とか家族で一緒に出て行くのですね。さて引越しもすんで新しい家の夕方、子どもがわあっと泣くのですよ。日が暮れたから早く帰ろうっていうわけです。お家に帰ろうって。もう帰れないのよってそのとき……、いいなあと思うのですよ。住民票を移すまでは宙ぶらりんです。この宙ぶらりん、どこにも所属しない、わたしたち一家の宙ぶらりんの儚い感じ。どこにも所属しない、しと「蕨野行」が同じようなんていうのもおかしいけれど。書くということは自分が追体験をするわけでしょう。だからそういう暮らしをしたいと思った。

大河内　ヒントはそれにしても大変にきめ細かく書いてあるでしょう。相当苦労する。

村田　楽しいけど。

大河内　あなたの作品は本人が喜んで楽しんで書いているというリズムが伝わってくるところがいい。そういうところがある。

村田　学校の勉強は嫌いだけどそういう勉強は好きなのです。担当の編集者がいい人だったのですよ。森孝雅という人でね。群像新人賞かなんかとっていた評論専門の人だったから、「蕨野行」を書くというと、彼も思いつく限りの資料を探してくれるわけです。いい相棒で、普通なら、わたしがこんな本が欲しいというと出してくれるけど、彼は率先してそれだったら、こんなものもいいのじゃないか、これもいいのじゃないかと探してくるのです。

大河内　それは編集者に恵まれているともいえるけど、あなたの気っぷと作品の質がよびこむところもみのがせないと思いますよ。

村田　ちょっと困ったのは、わたし北九州の八幡の生まれ育ちで、つまり鉄都、鉄の都、鉄都生まれの鉄都育ちなのですよ。だからわたし田んぼを見たことがないのですよ。お米がどういうふうにできるかというのを知らないのですよ。そしたら森さんも「いや、僕も町育ちでわからないのですよ。立松和平さんの田んぼにでも教えてもらいに行きますか」なんて。あるいはまた「JAに一日田植え教室というのがあるから、そこに二人で行きますか」なんて。大分の山に住む友達の実家に聞いてもらったら、「今農業はバイオだよ」っていうのです。江戸時代の米の作り方なんてJAに聞いたって知らないよっていうのです。調べるしかないというので、腕まくりで昔の農業の本を調べた。すると江戸時代の凶作という問題に突き当ったのです。それを調べていると、ある朝NHKのテレビで稲の青立ちが写っていた。奇しくも平成五年の、あの大凶作の始まりと時を一にしたわけです。それから毎日、稲の青立ち情報が出るそういう年に書き始めたのです。

大河内　縁だな。

村田　何かから後押しをしてもらっているように一日十枚ずつ書けました。

大河内　密度の濃い作品だけどね。

村田　土日だけ休んでね。間でちょっと温泉に行ったりして。その後の作品なんて一日十枚書けたことないですよ。だから自分にとっての何かだったんですね。この古語混じりの文体が一日十枚書かせたのでしょう。

大河内　最初、作るまでが運命を決するのでしょうね。

村田　文体を作るのは半日でできました。この言葉が何かぼうっと出たのですよ。そうしたら一日に十枚スラスラ書けた。〈て・に・を・は〉を考えなくてもいい文体だから直しがいらないのです。進むのが速いわけですよ。編集者も何も言わない。ずんずん行くのですよ。毎朝起きるたびに、さあ、今日は何をするかなって思う。山の中で年寄りたちが今日は何をするかなっていうのと同じで、乗ってるんですよ。山のことは山の友人に聞けばいい。魚の取り方とか全部。だから何だかすごい楽しいですよ。

大河内　羨ましいな。

村田　年寄りでも、冬に外で魚を取る方法とかね。川面に松明をもってくるのです。そうすると暖かい火に吸い寄せられて、底の方に寝ていた魚が上がってくるのです。それを手を入れて獲る。人肌が温かいので魚が寄ってくる。それを獲る。

大河内　そんなにうまくいくかね。

村田　それを教えてくれたのは大分の耶馬溪の人でした。耶馬溪に講演会があって行ったのです。それでほんとうでしょうかって聞いたら、みんなくすくす笑っている。嘘なのかしらと思ったわけ。書いてしまったのに。ところが本当だった。後で知ったのだけど島尾敏雄も本に書いてました。

自分を開いて外の声を聞きながら小説を書く

大河内　村田さんの作品だからもあるけれど、読んでいるとだんだん一つの今流行の、こういう言葉は使いたくないけれど、村田ワールドとかいうじゃない、そういう世界に誘いこまれちゃうのですよ。僕は深沢七郎の世界もいいけれど、これはこれで傑作だと思うね。

村田　わたし、今から自分が書くものとか、書きたいものについて、良く喋るのです。ここから先どうしても分からないなあと思うとき、友達や編集者とずうっと話すのですよ。そしたら向こうが、それとはあんまり関係ないけど、こういう話があるけど似ていますねなどと、相手になってくれます。そんな中で思いがけなくヒントが生まれる。自分だけの中でやるのじゃなくて、開いて書いていく。

大河内　織物を織るようなものだね。シナリオは監督だとか五、六人集まって、作るとなおさらいいものができるように思いますよ。

村田　小説が書き上がっても、よその出版社の編集者はあんまり、言わないじゃないですか。でもわたしは言って欲しいのです。それで次のヒントができるじゃないですか。ガルシア・マルケスもそういっていますよ。この「蕨野行」の取材に文春の湯川さんと、森さんと、わたしと岩手の遠野へ行ったのです。その帰りに東京に寄ったとき、ある女性誌の編集者がいて、たまたま会って、その人とご飯を食べていて、どこに行ったのですかというから、姥捨ての土地に行ったのよと答えたら、姥捨てとは違うかもしれないけど、似た話があるという。これが「望潮」シオマネキのヒントになったエピソードです。九州のある島に取材で行ったら、海岸べりを向うからおばあさんたちが箱車を押して、ぞろぞろ出てきたというのです。それが自分たちが乗っている車に、突っこんでくる。運転手が、きたーっていうので、そのときの運転手の言った言葉が忘れられないっていうのです。あの一番前からガラガラ突っ込んでくるのはうちのオフクロだって。絶対に家から出さないようにっていったって、鍵かけて出るわけにはいかないから。それで自分の息子の車に当たり屋するのです。

大河内　金もらうためだ。

村田　補償金を貰ってぱったり死ななきゃいけないから、必死なのですよ。年寄りも。

大河内　難しいね。しかし息子にくるというのはおかしい。

村田　おばあさんはわからないから。それからだいぶたって、また「文學界」でその「望潮」を書くことにしたのです。その前にちょっとうちの夫が社員旅行でその島へ行くというので、当たり屋のおばあさんたちが現在もいるか見てきたのですけど、そんなものはないというのです。宿のおじいさんに聞いても、この島でそんなことはありえない、なかったというのです。いたという人と、いなかったという人がいて、その両又にわたしは足をかけて、ここが小説家の独壇場です。はたして小説を書いた数年後に、ある新聞記者からその話が事実だったことを聞かされました。保険金で、孫に成人式のお祝いをしてやりたいのですよ。晴れ着とかオートバイとか買ってやりたい。それで何故タクシーに突っこむかというと、昔、島の車は全部ナンバープレートをつけてなかったのですって。ナンバープレートのない車をみんなは走らせていたのですって。ナンバープレートがある車というのはタクシーか公用車か、本土からやってくる銀行とか信用金庫とか、ちゃんとした車だから保険金が出る。そのおばあさんも、息子のタクシーに突っ込んだっていうのは、ナンバープレートがついているからです。「蕨野行」のあとにそれが書けたのも奇縁でした。だから続くのですよ。

大河内　「望潮」は高等学校の先生が同窓会で喋るような形になっていましたね。

村田　ええ。その「望潮」を書き上げた頃、今度は映画監督の恩地日出夫さんが『蕨野行』を映画化させてくれという手紙がきたのです。姥捨てというか、棄老の話はじつにまだ続くのです。恩地監督が何で「蕨野行」をしたいかというと、自分は昔、中国の雲南省でこの「蕨野行」の爺さん版をみたというのです。昔、稲の記録映画を作りに雲南の山奥の少数民族の村に行くと、六十歳になったおじいさんたちがみんな山奥に入っていったって。おじいさんたちだけが捨てられるのですよ。お祖母さんはまだ洗濯とか子守とか使われるわけじゃないですか。行ってみたら、おじいさんたちは雲南だから気候がいいでしょう。魚釣りしたり、いい暮らしなのです。一生この時を待ってたっていうのです。今日は魚釣り、明日は網を作って猿獲って食べると言うのですよね。ところが農繁期になったら人手がいるので、息子が山の下から来たのです。そのときだけ手伝う。農繁期が済んだらまた戻ってくる。それが六十歳でしょう。六十というのは世界共通の姥捨て爺捨ての年なのですって。だから書いているといろいろつながるのです。面白いこと一杯ある。もっともうまく

いくことばかりじゃなくて、何回体当りしても書けない題材もありまして。呪いみたいに。ま、あきらめませんけど。(笑)

大河内 それは作家だからね。本人の苦労はともかく作家というのは何を抱えているかわからないところが魅力でもある。いや、今日は面白い話をたくさん聞けて楽しかったです。

3 旅と写真

一千歳の木

昔、癌で亡くなった女友達がいたが、彼女はよく病院の裏庭で木に触れていた。夏はしっとり冷えて、冬はほのかに温かい木の幹に体を押し当てていると、なぜか気分が良くなると言っていた。病気知らずの私はその話をただ不思議なことととして聞いた。

だが後に取材で行った上海などでは、実際に早朝の街路樹に体を押し当てている人を度々見かけた。樹木の持つ「気」を体内に取り込んでいるのだという。植物には癒しのパワーがあるらしい。

そこらの木でもそうなのだから、樹齢を重ねた古木は相当のエネルギーを発散させているのではないかと思う。目には見えない生命力のしぶきを噴水のようにまき散らしているのだろう。

「古い木はありませんか?」

旅へ出ると土地の人に尋ねる。山口県は川棚の「大グスの森」は一本のクスが森となり、豊北町の「結びイブキ」は大蛇のように絡み合っている。

こないだ行った大分では、大野郡清川村の日本最古の「イチイガシ」を見た。本道から草を踏んで杣道《そまみち》を少し行くと、緑色の髪を振り乱したような怪異な樹影が現れた。幹回り十二メートル。内部は腐って洞《うろ》ができているが、枝は繁り、幹からは産毛のような葉もびっしりと生え出ている。

なんと長く生きたものだろうか、こうなると人間の短命と較べる気も起きない。こちらはただ無心に突っ立って、ザンザと降り注ぐ樹齢一千年の「気」のシャワーを恍惚として浴びるだけだ。

遠い子供

偶然、街で子供の頃の遊び友達と出会った。おかっぱ頭の両耳のところの毛だけ、当時珍しかったパーマネントでクルクル巻いていたトモコちゃん。

人形ごっこのキューピーの家を、私のとトモコちゃんのと二つ、菓子の空箱を並べて遊んだ。学校の夏休みは一緒にせっせと人形の服を作ったものだ。

あれから五十年あまり。小学校で別れて以来だ。向こうは気づかないらしく私の前を通り過ぎる。孫がいてもおかしくない年齢の彼女だが、どこかに往事の女の子の面影が残っていた。

私も声はかけずそのまますれ違う。

さようなら。トモコちゃん。子供の頃の遊び友達は、みんな過去の国に住んでいる。今、彼女を呼び止めて旧交をあたためても、トモコちゃんはもうトモコちゃんではない。

本当のトモコちゃんは、ボール紙で作った可愛い小箱の中にいる。子供の国にいる。そこには喧嘩友達のキミちゃんも、お手玉を競ったシズちゃんも、ドッジボール仲間のトキちゃんもいる。

では男の子の遊び友達はどうしているかというと、彼らはおとなになってちゃんと横浜の税関に勤めていたり、小学校の校長になっていたりしている。彼らは子供の国を通り抜けて行ったのだ。

自分の思い出の写真をアルバムに綴じるように、私と一緒にしまわれてしまった女の子たち。

五十年後のトモコさんが歩み去って行く。

子供の国が一瞬、光って消えた。

枝手久島

島といえば、孤絶感がある……。

周囲は水ばかり。波の上にあるのは頭だけで、下のほうは千尋の水底に沈んでいる。鳥は空を渡るが、人は泳ぐか舟を漕ぐしか島へ行けない。不便な場所だ。

しかし、あるとき海底地図なるものを初めて見て、そうか、島と本土は陸続きなのだと、目からウロコが落ちるように気が付いた。

地球上には大小の凸凹や突起がある。面積の広い突起が大陸で、小さなゴマ粒みたいなのが島である。何だ、孤絶なんかしていなくて、絶海の孤島もないじゃないか。みんな等しく陸続き。そこへ水が注がれただけのことだ。

海の上にぽっかりと人間世界から切り離されたように浮かぶこの無人島は、奄美大島宇検村の枝手久島《えだてくじま》である。昔は風葬の島だった。死者を葬る所で、人間は住まない。島の結界は周囲の水が作る。

だがこの風景から巨大なポンプで海水を吸い上げてしまえば、後には結界も何もなくて、多少凸凹のある、一大バリアフリーが出現するだろう。

そうなると島行きは、山行きとなる。亡骸を担いだ葬列はエンヤコラ、エンヤコラと山を登って行くのである。

旅行の敵

旅行の最大の障害は犬である。

前に飼っていた犬はシベリアンハスキーだったが、あの歌舞伎の隈取りみたいな顔が、ボストンバッグを持って出て行く私を凄い形相で睨みつけていた。

裏切り者を見る眼だった。

それで何とか機嫌をとろうと、犬は物を噛むのが好きだから留守中の玩具に、台所のまな板やスリコギやしゃもじを、庭に放り投げて行ったものだ。

私は旅行から帰ってくると、いったい何個のまな板やスリコギやしゃもじなど木製品を買い直したことだろう。

それでも懲りずに、前の犬が死ぬとまた次の犬を知人からもらってしまった。

今度の犬はラブラドールだ。

隈取りもないし、毛の模様もない。何となくのっぺりして、どことなく人間の容貌と似ている。名付けて、人面犬。

その顔が旅に出る私を見送って、泣いている。ラブの顔は怒らなくて、泣き顔になる。いつもベソをかくのである。

まな板を投げても、
スリコギを放っても、
しゃもじを与えても、
泣きやまない。

解決策はただ一つ、家の者の誰か一人が家に残ること。こうして年に二回の家族旅行が一回に減る。そうしてやっと犬が笑うのだ。ニッコリ……。

おーい、恐竜

きのう、は古い。

おととい、はもっと古い。

過ぎゆく時間はどんどん古びていく。今日の朝だって、昼だって、もう色あせている。今いちばん流行の風俗なんか、またたくうちに時代遅れだ。

駅前をうろうろしている若者はあしたは中年。中年は、老年に。生まれたての赤ん坊だって同じ。今、時間の天辺にいるってことは、もう昔へのエレベーターに足をかけているってこと。

しかし時間がどんどん遡って、あんまり遥かな昔へ戻ってしまうと、クルッと新しくなるのである。


ティラノサウルスの骨が、六千五、六百万年も昔の白亜紀後期の地層から出てきた。どうだ！ドキドキするほど新しい。

肉食恐竜中の最大最強。アメリカはサウスダコタの崩落した崖から奇跡的に発見された「スー」は、今までの中で「最も大きく最も完全で、もっとも保存のよいティラノサウルスだ」という。

以前、東京上野の国立博物館にきたときは我慢して、見に行かなかった。こんなどでかい雄大な骨は、地元北九州の「いのちのたび博物館」のゆったりしたスペースの中で会いたいと思ったからだ。

おいで、おいで。でっかい昔！

白亜紀の凄い奴。

たぶんカメラに入りきらないだろうナ。

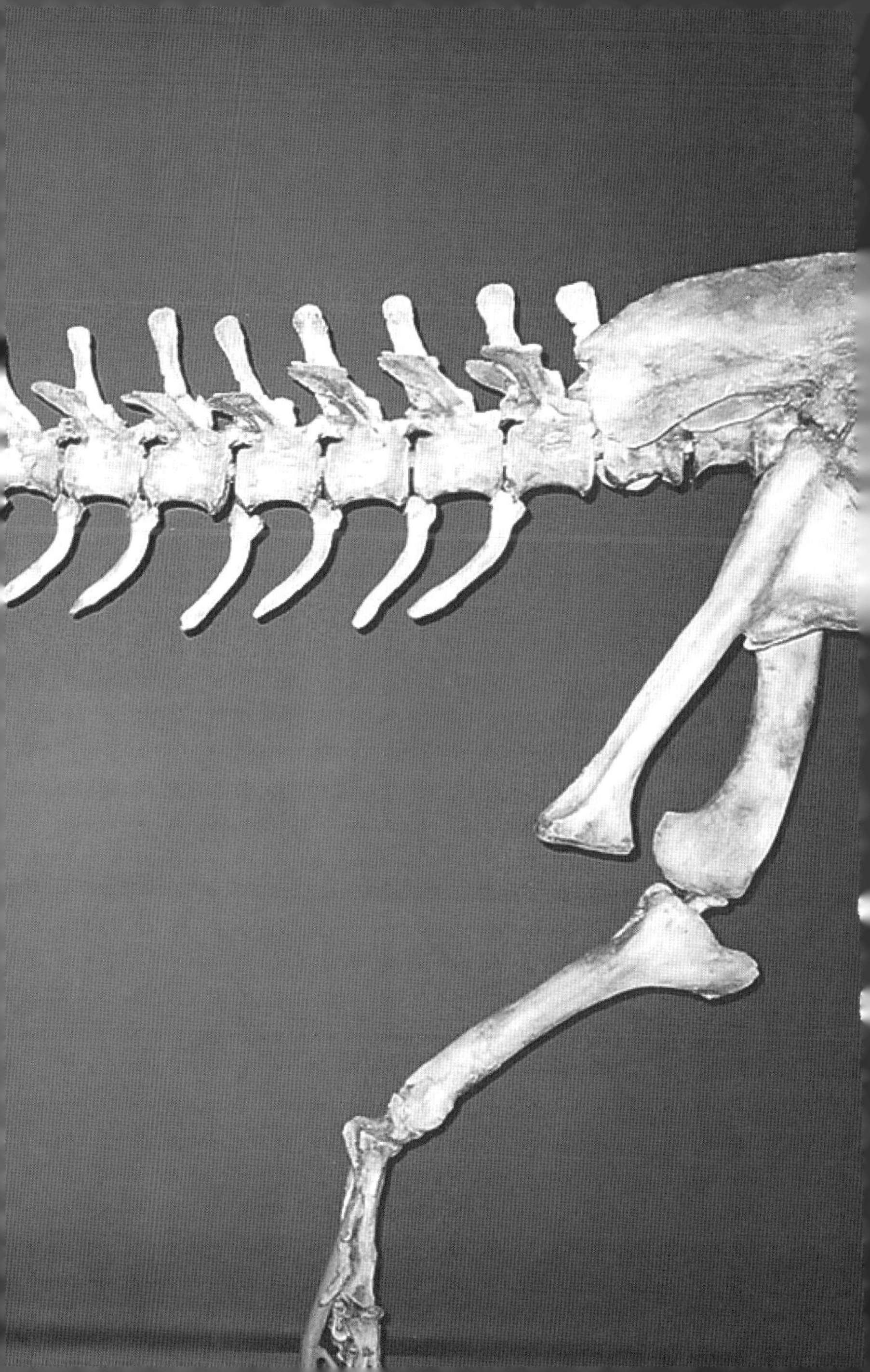

松原散策

ひとけのない松林を歩いて行くと、あっちの松、こっちの松、とてんでばらばらに曲がりくねっている。

長い首を伸ばし、長い手を曲げ、長い足を広げ、好き勝手に、何て行儀の悪い松の木たちだ。

樹木は動く。

福岡市には「立ち上がる松」というのがあって、昔、スタコラ歩いたという伝説を聞いた。

ここ唐津の虹ノ松原の松の木たちも、いかにも動き出しそうなかんじである。夜ともなるとニョキニョキと地面を這い回り、枝の鎌首をもたげそうな、獣めいた気配がふんぷんと臭ってくる。

植物なのに、動物臭い。

木は動く植物か？

いや、動く、動物とでも言いたい。

今夜あたり、月は松林を皓々と照らし、海の音も穏やかな宵の刻、松林をゆっくりと歩いてみたら、松の木たちの饗宴の様が垣間見えるかもしれない。

木は植物か。

動物か。

何だかわくわくする謎だ。

海の響きがする虹ノ松原を、どこまでも行く。

人間の姿はなくて、行けども行けども、妖しい松の影ばかり。

なるほど、こいつら、歩くだろう……。

遠い山

終戦まぎわの北九州では、街の南にある皿倉山の方角から、キラキラ光る美しいものが舞い落ちてきたという。

それは降伏を勧告する、アメリカ軍が飛行機から撒いた紙片だった。

明るい空からひらひらひら降り注いでくるその紙切れを、子供の頃、夢のようにうっとりと眺めていたと年上の友人はいう。

「それで、皿倉山の向こうには、素敵な国があるんだと思っていたの」

遠くに見えるものは美しくて、なぜかそぞろ懐かしい。どうしてだろう。

彼方の空を行く飛行機。遥か沖に立つ白い灯台。遠い野を走る列車。夏山の頂の上に浮かぶ雲。豆粒よりも小さく滑空する鳥の影。

みんな美しくて、懐かしい。

彼方と、こちら、の間に横たわる距離の奇妙なマジック。遠方の景色が秘めるユートピア。

「おとなになってからね、皿倉山の向こうに行ってみたの。そしたら、なあんだ、ただ山また山があっただけ」

もう敵機も、B29も飛んではこない静かな空に、夏山の緑がしんしんと濃くなっていく。

今年の夏はどこの山へ行こうか。

遠い景色を手繰り寄せに。

ベランダ便り

わが家のベランダに睡蓮の花が咲きました。

一輪、二輪、三輪、睡蓮の栽培、成功です。水の上に夢みたいに開く姿に魅せられて、育てやすい熱帯品種のセントルイス・ゴールドというのを水鉢に植えました。

黄色い花が風に揺れています。

ホワイト・パールというのも蕾をつけました。明日の朝は白い花が誕生することでしょう。

けれど私は本当のことを言うと、蓮の花を育てたかったのです。睡蓮が若い娘たちなら、大輪の蓮は女王の風格です。

蓮の花が開くと、まるで水面が荘厳な極楽の雰囲気になります。昔、朝霞の池にその小さな極楽があっちにもポンッ、こっちにもポンッと、音立てて生まれる光景を見ました。

ふぅーん。極楽って風船玉みたいに出来るんですね。幾つも。幾つも。

その可愛い極楽を我が家のベランダにも作りたくて、今年は園芸店で蓮のレンコンを見つけて買ってきました。植えて十日目です。根は付きました。

大丈夫そう。

でも葉っぱだけは青々と伸びたけど、まだ極楽の蕾はなかなか生まれません。どうしたんでしょうか。極楽は十日やそこらでは無理なんでしょうか。

私、せっかちなんですけど……。

「うみたまご」便り

水族館へ行きました。

大きな水槽がずらりと並んで、その中にいろんな魚たちが泳いでいました。

晩ご飯に出てくるようなタイや、ヒラメやイワシがいました。イワシは群がって泳ぐので、青い雲みたいに形がどんどん変わっていきました。

タチウオは銀色の長い刀みたいで、手を出したらスーッと切れそうでした。

大きなカメもいました。

アマゾン川に棲むでかい古代魚は尻尾もあったりして、魚というより手足のない獣みたいでした。こいつを捕まえたら、「モー」なんて牛みたいな太い声で鳴くんじゃないかと思いました。

それから変なのがいました。

人間の三倍も四倍もありそうな大入道です。四角い顔にヒゲが生えて、じっと立って水槽のガラス越しにこっちを見ていました。そして、パチパチとまばたきして、ふふっと笑ったんです。

水槽には「セイウチ」と名札が出ていましたが、違うんじゃないかと私は思いました。だって、セイウチって岩場を大きな袋みたいな図体でゾロゾロ這って行くあれでしょう?あれ、と、これ、が同じですって?

ああ、もう何だかわからなくなりました。

それにしても、人間という生き物は、代わり映えしなくて、月並みだとつくづく思いました。

桜の大怪我

辺りを払う桜の綿雲。

あんまり有名すぎて、車の渋滞を掻き分けてまで見に行くのも面倒だった。

今さら、一心行《いっしんぎょう》の桜なんて。

ところが熊本に用足しの途中、今が満開という桜情報に心が動き、遠回りして覗いて見るとやはり大した桜だった。

周囲に何にもない、草っ原の真ん中にただ一点、グイと妖しい花簪を一本差し込んだように、白くこんもりと大きな花の冠を拡げている。風も吹かないのに、さらさらさらさらさらさらさらさらさらさらと、小さな白い花びらが砂みたいに宙にこぼれていく。

うつくしい。うつくしい。

しかし。よく見てほしい、この桜の枝振り。

これは去年（二〇〇四年）の桜である。私が熊本へ行ったのは去年だった。

その年の八月三十日、九州に上陸した台風一六号の猛威は、六本ある桜の幹の中の二、三番目に太いという一本をへし折った。また元の姿を見るようになるには、これから十年も二十年もかかるようになるとニュースは報じた。

生きものの脆さを知ると共に、よくも四百年間、大きな怪我なくここまできたものだと思う。今年も巡ってきた春だが、桜はどのくらい癒えただろうか。

やあ、元日

子供の頃から寒がりだったので、昔の正月というと寒さの思い出しかない。

その極めつけは元日の朝で、いつもより早く起こされた。今なら正月はゆっくり寝ている家も多いのに、当時の人は勤勉なので暗いうちから起きて、寒風の吹く井戸端で顔をザブザブ洗う。

家の中にストーブなどはなく、火鉢の火もまだ熾っていない。部屋の空気は冷水のようである。そこで歯をガチガチ震わせながら、前夜、枕元に用意しておいた正月用の新しい肌着と服に着替えるのだ。それが身を切るように冷たい。

そんな氷のような服を着ると、次は氷のようなお節料理を食べる段取りとなる。何しろ祖母の言うには、

「正月に火を使うてはいけんとよ！」

ということで、御飯は前夜炊いた冷や飯で、季節料理の煮しめのレンコンもコンニャクも里芋も凍っている。

食べるほどにおなかが冷えていった。

何でこんな最悪の日がめでたいのだ、と子供心に思ったものだ。

しかし考えればセレモニーとは、寒くて不味くて、こんなふうに居心地の悪いものなのかもしれない。何しろ儀式は気合いなのだから。

この頃の正月は雪もない。暖かい部屋で温かい料理をぬくぬくと食べている。もう気合いも何もいらないのだ。

正月がスタスタと軽装でやってくる。

4 本と人

本さがし・こころさがし

『誕生を記憶する子どもたち』

デーヴィッド・チェンバレン著／片山陽子訳／春秋社

本の効用って何だろう。

私は夕食の材料を買いに行くように、必要なとき欲しい本をさがしに行く。今食べたい食べ物があるように、今読みたい本がある。長女の出産で私は赤ん坊に関する本に興味をもった。普通こういうとき孫のオムツやベビー布団などの用意をしてやるのだろうが、私の場合はまず本さがしだ。

さて、赤ん坊って何だろう。

四十年前、私はこの娘を妊娠したとき、うれしさよりも面食らった。まったく不意の訪問者で、予告なし、アポなしだ。そして生まれるや直ちにお金と体力を注いで育てなければならない。ちょっと待って、と思った。

けれど娘は生まれてきた。生まれれば可愛いもので、抱いたりおぶったりして育て、その娘が三歳になった頃だ。ある晩、一緒に寝ていたら電灯も消えた暗い布団の上にムックリと起き上がって言ったのだ。

「ああ。あたちは何やろか?」

寝ぼけたのだろうかと私は思った。しかしそれにしては覚めた声だ。何だかパジャマ姿でべソをかいて座っている。

「あたち、どうしてここにいるの?おかあたん。あたちどうして生まれてきたん?」

そんなこと私にだってわからない。とにかく、ねんね、ねんねよ、と抱いてやると、落ち着いたのか、やっと眠った。

私は今もその夜のことを思い出すと、子どもというものの神秘に打たれる。

そんな娘も今は成人して、母親になろうとしていた。夏の初め、月満ちて娘は女の子を産んだ。そのとき分娩の様子が私の時代と変わったのを知った。

産科医院の分娩室は畳敷きで天井から紐がぶら下がっている。その紐を摑んで産婦は座ったまま自力で自然に産み落とすのだ。部屋はとても薄暗く、助産師さんが一人ついた。

赤ん坊は生まれると血のついた汚れた体のまま、一時間ほど母親の胸に抱かれて寝かせられる。そしてヘソの緒の拍動が止まってから、母親がハサミで切る。赤ん坊は泣かずに不思議なくらい静かである。

ぎらぎらした明るい分娩室もなければ、不自然な体位を強いる分娩台もない。赤ん坊の頭をはさむ鋭い鉗子《かんし》などの器具もない。こんな産科医院が現在は少しずつ増えている。

分娩に対する認識が変わりつつあるということは、生まれてくる赤ん坊に対する認識も変わり始めたことになる。アメリカの臨床心理学者、デーヴィッド・チェンバレンの『誕生を記憶する子どもたち』はまさにそのことを書いた本だ。

それによるとかつて小児科のテキストでは新生児の視覚は光に反応する程度だとされていた。しかし実際は三十〜六十センチの近距離ならおとなと同じに見えるという。胎児は四カ月から指しゃぶりを始め、音を聴き、学習し、記憶する。脳波を調べるとおとなよりも多く胎児は夢をみている。

赤ん坊は生まれてから人間めざして成育するのでなく、胎内ですでに人間としての心身両面の生活をスタートさせているのだという。チェンバレンが新生児の出生の記憶を知ったのは、患者に催眠療法を用いているときだった。患者たちは胎内や誕生時の出来事を、リアルに語り出したのだ。

そこで著者はフレデリック・ルボワイエの唱えた「暴力なき出産」というテーマに触れている。人工的な現代の出産は赤ん坊にとって暴力なのだ。その一例が誕生直後に行われるヘソの緒の切断で、これは拍動が止まるのを待って切るべきだという。次ぎにあげるリンダの記憶は出世時の苦痛がなまなましい。

「お医者さんがわたしのこめかみに手をかけようとする。手を離してちょうだい！

そんなふうにされたくない。そんなふうにされるなら中へ戻りたい。わたしは自分の力でやりたいの、邪魔しないでほしい。さわってほしくなんかない。第一そこが押されて痛いじゃないの。長引くかもしれないけど、自分でやったほうがずっと気分がいいに決まってる。お医者さんはいやに乱暴。（中略）そんなにひっぱらないで、首が痛いじゃないの！　そんなにわたしのからだをこねまわさないで！　お医者さんがとうとうわたしをひっぱり出す。高く持ち上げてわたしを叩く」

娘が出産した分娩室の暗さを思う。あれは生まれてくる赤ん坊のための優しい暗がりだったのだ。しかし、誕生前の記憶が蘇っても、依然として赤ん坊は未知からの客である。

『内臓のはたらきと子どものこころ』

三木成夫著／築地書館

我が家の孫はそろそろ一歳半を過ぎようとしている。歩くのが遅くて、ようやく最近つかまり立ちしているという。そしてそこらにある物に手を伸ばし、さかんに口へ持っていってしゃぶっているようである。

じつは娘が赤ん坊の頃も、現在の孫と同じで、畳を這わせると畳をしゃぶり、庭におろすと土をなめ、娘を置いておく場所がなくて困った。

珍しく静かに遊んでいると思うと、自分のオムツからウンチを取り出してパクリッとやりかけたものだった。

赤ん坊は何にでも手を伸ばし、つかんだ物はがむしゃらに口へ運ぶ。この時期の子どもはまるで手と口がすべてみたいな生きものだ。そんな幼児の謎を覗きたくて解剖学者・三木成夫の『内臓のはたらきと子どものこころ』を開くと、仰天するような話が次々と出てきた。

まず、舌と腕は兄弟のようなものだというのである。

話は古生代までさかのぼる。脊椎動物がその昔、魚類から両生類へと進化して水から上陸すると、物を食べるために舌というものが必要になってくる。身のこなしの俊敏な魚は水中では舌なんかいらなかった。パッと獲物に飛び掛かればよかったからだ。ところが陸に上がるとそうはいかない。そこで口の中へ獲物を取り込む舌ができた。蛙やカメレオンの舌などがまさにそうだという。つまり、「舌は喉の奥に生えた腕」なのだ。そのように考えると「喉から手が出る」なんていう言葉はじつに言い得ているのである。

まだ驚くことはいろいろある。顔は内臓が露出したものだというのにも驚いた。まず人の体を台所で魚をおろすように開いて分けてみる。このとき、おなかの中の「はらわた」の部分を内臓系というのだそうだ。それ以外の部分は、手足と脳と、目・耳、鼻などの感覚器官をあわせて体壁系という。そして人間の顔は、この「はらわた」の腸管が露出した先端だというのである。

ということはまるで脱肛か痔瘻だ。そんなものに私たちは目鼻をつけて服を着ているというわけだ。解剖学とは奇妙で面白い学問だ。そして女性はその脱肛に白粉や紅を営々と塗りつけて美を競い合ってきたことになる。

そもそも人間の首は魚のエラが退化してくびれたものだという。魚のエラの背中には二手に分かれた筋肉が通っている。これが将来、陸へ上がったときの舌と腕になるのである。それで舌と手は兄弟関係にある。赤ん坊はこの手を用いて周囲の物をなで廻し、この舌で周囲の物を口に入れてなめ廻す。

手と舌は兄弟だから同じ行為をするのである。

三木成夫は東京芸術大学の教授だったが、

「デッサンの上手下手は、この赤ん坊の時の舌のなめ方で決まる」

と冗談交じりに言っていたという。

この本は乳児保育のための三木成夫の講義録である。

幼児のすこやかな成長は、「内臓の感受性」の発達に関わっているという。はて内臓の感受性とは何だろう。母親の乳房にむしゃぶり付いてお乳を存分に飲み、膀胱からのサインを素直にキャッチして排泄することを覚え、半年も経つと寝返りを打ち、盛んにハイハイして手に触れた物をなめ廻す。こうした自然な「はらわた」の営みのことをさすようだ。

このようにして育った子どもは満一歳頃から、人間だけの持つ「遠い世界が見たい」という強烈な衝動によって、やがて二本の足で立ち上がるのだという。

母親の胎内にいるときから、子どもは自然の法則を生きている。自然を生きている。母親の卵巣とは全体が一個の「生きた惑星」ではないかと三木成夫は言っている。三十億年前、最初の生命物質が海水から生まれた。それは地球を作るすべての元素を少しずつ分けてもらった一個の球体であった。

「この原始の生命球は、したがって『母なる地球』から、あたかも餅がちぎられるようにして生まれた、いわば『地球の子ども』ということができる。この極微の『生きた惑星』は、だから引力だけでつながる天体の惑星とおのずから異なる。それは『界面』という名の胎盤をとおして母胎すなわち原始の海と生命につながる、まさに『星の胎児』とよばれるにふさわしいものであろう」

と私はここまで読んで、前回書いた、娘が幼かったあの夜のことを思い出さずにはいられなかった。

「おかあたん。あたちはどうしてここにいるの？　どうして生まれてきたん？」

その答えはいまも出るはずはないのだけれど、子どもたちが地球のすべての養分をもらい受けて生まれてきたことだけは確かである。

あの晩の暗い寝床に座っていた娘に、私はそれを教えてやりたかった。

『胎児の世界』

三木成夫著／中公新書

お乳とは何だろう。母親の乳房から湧き出るあの生白い液体……。

長女はミルクで育てたが、次女のときは頑張って母乳を出して与えた。自分の胸から出るものだけど、市販の粉ミルクより色目も成分も薄そうで、何だか見た目にも不味そうだった。こんなものを一心不乱に飲んでいる赤ん坊というものが可哀想で、しかし一方で気味悪くも感じたものだ。

私が次女を産んだとき、祖母は八十歳に近かった。母親代わりだった彼女は曾孫のオムツを洗い、世話をしてくれた。私はその頃、カルミンという薄荷のお菓子が気に入って毎日何個もポリポリ食べていた。ある日それを見ていた祖母が、カラの湯飲み茶碗を私の前に差し出した。

「これにな、乳ば少し入れてみらんね」

言われるまま自分のお乳を搾って湯飲み茶碗に注いだ。白濁した薄い米の研ぎ汁みたいで、乳といえば赤ん坊の飲み物に違いないが、まぎれもない体液で、見るからに生臭さそうだ。それを祖母に渡すと、彼女は湯飲みの底を揺らして乳汁を眺めていたが、いきなりグビリ、グビリと飲んだ。それから一言。

「カルミンば食べるとは、やめんといけんね」と首を横に振った。

乳には薄荷の味がそのまま出ていたのだ。


前号に続いて今月も三木成夫の著作を読むと、彼自身も妻の乳を飲んだ強烈な体験が書かれている。妻が乳腺炎にかかったとき、友人の小児科医に教えられて、固くなった妻の乳を吸い出してやることになった。心に拒絶の反応が起きた。動物のオスが授乳中のメスの乳房を吸うなど、自然界のタブーを犯す心地だったろう。ところが乳汁が口中に入ってきた瞬間、三木成夫は何とも言えない奇妙な気分を覚えたのだ。

「かすかに体温より低い液体がスーッと流れ込んでくる。そこには予想していた味もなければ匂いもない。それでいて、からだの原形質に溶け込んでいくような不思議な感触がある。いったい、どうしてこんな液体がこの世に存在するのか……」


そのとき彼が思い出したのは、昔、子どもの頃に口にした椰子の実の味だった。殻にキリで穴を開けストローを差し込んでその液を啜ったとき、「何だ、こりゃあ」と拍子抜けした記憶である。果物の美味さとは別の、何か他人の味でないもの。初めて口にしたものなのに妙に懐かしい味だった。

その椰子の実と、母乳の味が似ているという。それからもう一つ、彼が連想したのは玄米の味だった。母乳の出を良くするために三木家では玄米食に切り替えた。その玄米を初めて食べたときの舌が蘇ったのである。

そのくだりを読みながら、私もハッとした。そうだ。母乳は玄米の味に似ている。椰子の実はまだ啜ったことはないが、私の家でも数年来、玄米食をやっている。最初に炊いて食べたときの、玄米はよく噛んで食べねばならないので何十回も噛んでどろどろにするが、それは食物の味というより、体液のようで、自分の体に近いものを食べている感じだった。

そもそも記憶の「憶」という字は、寒くもない暑くもない、空腹でも満腹でもない、過不足のない状態をさすという。つまり「憶」は体の心地よさなのだ。生物発生の三十億年の進化の歴史は、この心地よさを追い求め、積み重ねてきた。その記憶装置に最も深く刻み込まれるのが「味覚」である。

三木成夫は台所へ駆け込んで、妻の乳房から吸った白い液体を流し台に吐き出しながら、母乳と、椰子の実と、玄米という、人類史の食のキーワードを頭に浮かべたのだ。

玄米の味は稲作農耕を始めた縄文の記憶にほかならない。そして椰子の実はもっと遠い五十万年も以前の狩猟採取時代のジャワ原人にさかのぼり、母乳はもういうまでもない、自分の体液そのものである。

これら三つには共通の原初への郷愁の味が染み込んでいたのだった。

祖母の姿を蘇らせるとき、私は年寄りの懐の暖かさと共に彼女の怖ろしさも思い出してしまう。白髪頭に巨躯だった祖母は岩のような老婆だ。彼女は乳汁を流しに吐き出すようなヤワではない。何しろガブリと飲んだのだ。母乳は唯一赤ん坊の飲み物で、おとなは誰も手を出すことがためらわれる。あれは白い血液である。けれど祖母はヘッチャラだ。彼女は何しろ飢えたネズミみたいに薄荷菓子を齧る年若い母親の胸から、曾孫の命の飲み物を守らねばならなかった。老婆は強いのだ。

『パンダの親指上・下』

スティーヴン・ジェイ・グールド著／櫻町翠軒訳／ハヤカワ文庫

里帰り出産で生まれた我が家の孫が、飛行機に乗って遊びにきた。

生後二カ月で東京に帰って以来で、一年四ヶ月ぶりの再会だ。しげしげと孫の顔を見ると、向こうもじいっと見返す。そろそろ人見知りが始まっている。

泣かないで、泣かないでね。取って食うわけじゃないんだから。

抱き上げると幼児の体はパンヤを詰めた縫いぐるみのように軽い。こんなに軽くて小さくていいんだろうかと思うほど。ちんまりした手の指がむずむず動いている。おでこの下の小さい光を溜めた目がこっちを見て、それから唇を震わせて泣き出した。

よしよし。バアバですよ。こっちはジイジだからね。覚えておくのよ。

半月ほど我が家は孫旋風が吹き抜けて、それから小さな客人はまた飛行機に乗って帰って行った。

そんなある夜、勤めから戻ってきたダンナが鞄を置いて、

「いやあ、赤ん坊というのは、どの子も可愛いものだなあ」

と感心したように言った。用事があって帰り道に知人の家に寄ると、一歳くらいの赤ん坊がハイハイして出迎えたそうだ。

「可愛いのはうちの孫だけかと思っていたが、その子も愛らしかった！」

六十五歳にして大発見をしたような言い方である。

赤ん坊は何だって可愛いに決まっている。犬の子も猫の子も、チンパンジーの子もライオンの子も、ワニの子もイタチの子もヘビの子だって、子どもはみんな可愛いのだ。

でも何でだろう？　そう思ったとき、待てよ、グールドの文庫本の中にも何かそんなことが書いてあったなと思い出した。

スティーヴン・ジェイ・グールドは生物学者で、科学エッセイの著者としても名高い。その彼の『パンダの親指』という本は、生物進化の妙を説いて、例えばパンダには五本の指と、さらに六本目の親指があるのだが、それは厳密には指ではなくて手首の骨の一部が肥大したものだという。理由はパンダが好物の竹の葉をしごいて食べるのに、六本目の親指が必要だったからだ。

何かこの世は、自然は、必要に応じてどうにかなるようなメカニズムが働いているらしい。

そこでグールドの本を開くと、ディズニー漫画のミッキーマウスの絵が出てきた。この五十年間にミッキーはずいぶん進化した。初めはただの黒い痩せっぽちのネズミだったが、だんだん頭が大きくなり、目もそれに比例してパッチリと大きくなり、胴体は小さく短くなっていった。

これはひとえに大衆に愛されるためだった。ミッキーをこましゃくれた痩せネズミから国民的アイドルにするために、どんな顔つきが愛らしく親しみやすいか、人形業界は努力したのである。

それと同じ営みが自然界の生物にも働いている。つまり幼さを示す諸特徴が大人の人間にとっては愛情と子育ての念を引き起こす引き金になるという。

「頭が相対的に大きいこと、顔面より脳頭蓋のほうが大きいこと、目が大きくて、低いところに位置していること、頬が膨らんでいること、四肢が太く短いこと、どこもかも弾力があってポチャポチャしていること、それに動作がぎごちないこと」

読むうちにミッキーマウスと我が家の孫が二重写しになってくる。幼きものよバンザイ。私たちはいとけなき者、愛らしい者が好きなのだ。だから保護者なしでは生きていけない子どもたちは、幼児体型で私たちを誘引する。たいしたものだ。

そういえばテレビの動物番組で、何とかいう鳥のヒナは口の中が赤くて、親鳥はその赤色に惹きつけられてヒナの口にエサを入れるのだと言っていた。ヒナの真っ赤な喉を見ると思わずクラクラッとしてエサを入れてしまうのだ。

本当に幼きものは、たいしたものだ。ところで人間は哺乳類の中で唯一、大人になっても体型があまり変わらない。他の動物に比して成長しないという。これを「幼形成熟」、ネオテニーというらしい。そこでグールドはこう嘆いている。

「要するにわれわれは、ああ、年はとっていくが、ミッキーと同様に成長することがない。（中略）われわれもミッキーのようにいつまでも若くありたいが、少しは賢くもなりたいものだ」

『ハート（心臓）大全』

ルイザ・ヤング著／別宮貞徳＝監訳／日向やよい、ほか＝訳／東洋書林

我が家の長女が妊婦検診に行って赤ン坊の心音を聴かされたとき、ドクン、ドクンではなくて、何だか、シャー、シャーというか、ザー、ザーというような音がしたと言っていた。それは心音というよりは、心臓の拍動で押し出される血流の音ではないかと思うが、いずれにしても皮膚の下の肉眼では見えない世界である。

生きている心臓は長い間、人の目に触れることがなかった。外科手術のメスもこわごわ心臓をよけて行われた。拍動する心臓を開くことは、エンジンをかけたままの自動車を修理するより危険である。人工心肺という機械ができて、よ

うやく心臓にも大胆な手術のメスが入るようになった。

けれど本当に心臓なんて人の手で開いていいのだろうか。

数年前のある時期、私は恐ろしい気分でそのことを考えていた。というのも、我が家は長女の出産という喜びを控えたのと同じ時期に、私の夫の心臓血管手術も日にちが迫っていたからだ。直径六センチの動脈瘤が心臓から出た大血管のすぐの所にできていた。手術は肋骨の真ん中を縦に切り開いて心臓を停止させ、人工血管に付け替える。その間は人工心肺を用いる。

肺でも肝臓でも胃でもない。心臓を人間の手で開くことへの恐怖は言いようがない。いったい心臓とは何なのだろう。臓器であって、臓器以上の何かである。

『ハート大全』という風変わりな本のなかで、イギリスの女性作家ルイザ・ヤングは序のところにこんな文章を書いている。

「あれはマグディ・ヤクーブに会ったときのことだった。彼は外科医で、移植した心臓の数では誰にもひけをとらない。私たちは引き合わされ、彼は握手を求めて手をさし出した。私はその手をまじまじと見た。どうしても触れることができなかった。それは私の父の心臓に触れた手だった。悪いところを繕い、父の命を救ったには違いないが、それでも、父の心臓に触れたのだ。私は、このがさつな手でそんなにも繊細で賢い手に触れるのは畏れ多いからと言いわけした。『傷つけたらどうしましょう?』でもほんとうは、父の心臓に触れた手には触りたくなかったのだ。よくないことのような気がした。」

自分の父親の命の恩人の手であるのに、彼女はそこによくないもの、不吉な禍々しいものを感じたのだ。心臓は体の中心であると共に、西欧圏のルイザにとってキリスト教でいう魂の宿る場所であり、そこに触れられるのは奇跡が起きたときだけという思いがしたのだろう。

しかし西欧ならずとも、日本人の私にも心臓はやはり心の在処とつながって感じられたものである。夫が手術で切り開かれる胸郭のその部分は、体の他の部分とはあきらかに違う気がした。胸の中の暖かい所。命と思念と、その二つが一緒におさまっている不思議な場所。そこにメスを握ったゴム手袋の手が入るのを想像するとゾッとした。

何とか切らずに治せないかと、一年余り玄米食を始めとするあらゆる食療法に励んだが、動脈瘤は心臓ポンプから繰り出される血液の圧力との闘いだった。結局、外科的治療の他に方法がないことを悟らされた。

やがて翌年の一月、大雪の日に夫は七時間の手術を受けて蘇生した。

ルイザ・ヤングの『ハート大全』執筆も、父親の手術が契機となったのだろう。心臓の百科事典とでもいうような大部の本で、医学、解剖学上の心臓の話から、古今の世界の心臓にまつわる宗教の解説から、絵画、詩歌まで網羅した心臓文化論だが、冒頭の言葉の熱いこと。

「人の心臓は器官であり、隠喩であり、苗床であり、宝物箱であり、ピンクッションであり、呪文であり、泉であり、家であり、ポンプであり、松カサであり、車輪であり、電磁的実体であり、原材料であり、薔薇であり、ザクロであり、贈物であり、（中略）心臓は飛び、沈み、育ち、元気を失い、血を流し、羽ばたきし、燃え、喜び、破れ、細動し、停止し、働かなくなる。心臓は発作に襲われ、移植され、生贄にされ、裏切られ、磨かれ、食べられ、盗まれる」

心臓は形容詞であり、動詞なのだ。常に何かであり、何かをしている。

夫は退院したとき人形みたいだった。鉄腕アトムの胸みたいに大きな縫い痕の扉があった。私はそれから目をそらした。しかし彼の一度は停まった心臓がまた体の中枢として活動し傷を癒し、今では孫を抱く胸の縫い痕はうっすらとして消えかかっている。人体は再生する。やっぱり心臓は動詞なのだった！

『記憶する心臓』

クレア・シルヴィア&ウィリアム・ノヴァック著／飛田野裕子訳／築地書館

子どもの頃、私の家は母と祖父母だけの暮らしだった。けれどなぜ私だけに父がいないのかと不審に思ったことはない。母に生んでもらい、祖父母に育てられた。それで充分だったから不在の父のことまで考えなかった。

何につけても、うとい子だった。中学の頃は周囲の女の子たちがにわかに黒い生理用ショーツをはくのも、どういうわけか知らなかった。そんなことは私の生活にたいした意味を持っていなかった。

それより私には常に抱いているもっと深い疑問があった。

「自分……」と思うとき、しぜんに自分の手が胸元に触れる、その胸の内側に私の「心」があるのか、という疑問。学校の理科室の人体模型のその部分には肺と心臓が詰まっていて、「心」なる臓器は見あたらない。まさか「心」というのは山の上にかかった綿雲みたいに、ぼわーと胸の辺りに立ち込めている気体のようなものだろうか？　こんなに自分の胸の中には様々な思いがあるのに、その思いの在処が知れない。

おとなになってから仏教の書物を読み、この世界で形のあるものを「色《しき》」といい、実体を持たないものを「空《くう》」というのだと知った。形はないが目に見えないものも存在する。

だが進歩した現在の生命科学も未だに「心」の在処は摑んでいない。研究者たちは「心」の潜んでそうな脳に着目して、これまで沢山の犬や猫やサルが大脳皮質を削がれたり、脳幹を切除されたり前頭葉を切られて実験の犠牲となったが、「心」の居場所を探すことはできなかったのである。

ところが一九八八年、心肺同時移植手術を受けたアメリカ人女性の記録から、何と思いがけず「心」の在処が浮かび上がってきたのである。

クレア・シルヴィアは原発性高血圧症という

難病で心臓と肺臓の両方を移植された。彼女は物凄くラッキーだった。手術待ちの順番リストに載せられた翌日に、奇跡のように臓器提供のドナーが見つかったのだ。彼女の驚異的な移植手術は成功し、リハビリを経て退院する。

しかし新しい心臓と肺を得た生活が始まると、彼女は人替わりしたような自分を発見して戸惑うのだ。今まで食べたこともなかったケンタッキーフライドチキンの店に入り、嫌いだったビールも飲み出す。そしてゆえ知らぬ異常な活動意欲が湧き起こって生活を振り回されるようになる。

そんなある日、クレアは生涯で最も忘れられない夢を見た。

「わたしは広々とした野原に立っている。そばには長身でほっそりした、だがたくましさを感じさせる砂色の髪の若者がいる。彼の名前はティム、名字はたぶんレイトンだと思うが、確信はない。いずれにせよ、わたしは若者のことをティムだと思っている。（中略）

ティムは近づいていくわたしをじっと見つめ、わたしが戻ってくることを喜んでいるようだ。わたしたちは別れのあいさつにキスを交わす―そうしながら、わたしはティムを自分の口の中に吸い込む。あれほど胸一杯に深く息を吸い込んだことはない。そしてその瞬間、わたしはティムと自分が永遠に解けぬ絆で結ばれたのだと感じる。」

夢を見た後、それまで違和感のあった新しい心臓がスムースに動き始めた。やがてクレアは初めて出かけたある町の教会に見覚えのあるものを感じた。その町こそオートバイ事故で脳死となって心臓と肺を摘出された十八歳の若者が生前に住んでいた土地だった。クレアは図書館でその若者の死亡記事を見つけ、夢の中の若者と同じ名前であることを知るのである。

彼女みたいに手術後、不思議な夢を見たり、性格や生活習慣が変わる事例は、移植患者のグループ・ミーティングで数多く明かされているという。ディーパック・チョプラという学者は「細胞記憶」についてこう書いている。

「経験というものは、われわれが自分の内に取り込むものであることから、細胞には記憶がしみこんでいる。したがって、他人の細胞を体内に取り込めば、同時に記憶までをも取り込むことになるのだ」

こうして臓器としての心臓にも、魂の在処としての光が当てられ始めた。わたしたちは脳だけで精神活動を学んだのではない。このことが知れたのは重要で、尊い事件だ。つまりわたしたちは心臓で、脳で、体全体の細胞で、精神生活を営なんでいることになる。そしてその一方で厄介なことも生じるのだ。移植という臓器の引き継ぎ、命のリレーは、心の引き継ぎ・リレーをも連動してしまうからだ。臓器という「色」と、心という「空」を併せ持った心臓の不可思議に私は打たれる。

現在、クレアは移植患者の心のケアのため、サポート・グループを精力的に作り続けているという。

『ゾウの時間　ネズミの時間』

本川達雄著／中公新書

冬のある朝。我が家のベランダに青い羽根の美しい小鳥が倒れていた。部屋へ入れて暖めると少し元気になったので、懐に入れてペットショップに行くと、「カワセミですよ」と店員が言う。野生なので生き餌しか食べず家では飼えない鳥だというが、体が恢復するまで養おうと思って糸ミミズみたいな餌を買って帰った。

翌朝、窓辺に出すと、マッチ棒のような足でゆらゆらと立った。小さな自分の命を支えて必死に立っていた。カワセミは漢字で「翡翠」と書く。字の通り宝石のような翡翠色の羽根だ。何と美しい生き物かと見惚れて写真に撮ったが、三日目の朝、止まり木から落ちて冷たい死骸になっていた。私はしばらくの間、そのか細いマッチ棒の足が目に浮かんでならなかった。

つくづく生き物の命はあっけない。

五年前にはシベリアンハスキーのルビィが死んだ。若いときはふさふさした鎌形の尻尾を巻き上げていたが、晩年には毛が抜けてしょぼしょぼと見る影もなかった。老いは犬の身にもこんなふうに容赦なくやってきた。そしてルビィの寿命は尽きたのだ。

犬がいると、犬を通じた知り合いが出来る。みんな仲良く自分の家の犬自慢をするうちに、やがて犬が年取るにつれ話の内容が変わってい く。あと何年、生きられるか。あと何年、一緒にいてくれるか。そしてやがて月日は流れ、誰それさんちのクッキーが癌で死んだとか、誰それさんちのパティが倒れてもうダメらしい、とかそういう話が伝わる。

短い間しか生きられなくて、生き物は哀れだよね。と私たちは涙声になる。命あるものは必ず死ぬのがこの世の理だが、こんな無心な動物まで人間などと同じに死の世界へ引かれて行くのかと思うと、ペットの飼い主たちは感傷的になるのである。

本川達雄『ゾウの時間　ネズミの時間』は、生物学の本だが、ペット・ロスの人々にとっても有益な本だ。それは学問の真理によって悲しみが癒されるからだ。学問は素晴らしい。この世の法則を説き明かす。短い命を駆け抜けて行った生き物たちの、命の長さを調べるのだ。

「私たちは、ふつう、時計を使って時間を測る。あの歯車と振り子の組み合わさった機械が、コチコチと時を刻みだし、時は万物を平等に、非情に駆り立てていく、と私たちは考えている。ところがそうでもないらしい。ゾウにはゾウの時間、イヌにはイヌの時間、ネコにはネコの時間、そしてネズミにはネズミの時間と、それぞれ体のサイズに応じて、違う時間の単位があることを、生物学は教えてくれる」

体の小さい人の動作がきびきびと敏捷で、大きな人の動作がゆったりしているように、動物でもネズミとゾウでは動きがまったく違う。こんな様々な哺乳類の体のサイズと、生理学的時間の関係を調べると、ある法則が見つかった。

時間 ∝（体重）$\frac{1}{4}$ （∝は比例の記号）

何と、生き物の寿命は体重の四分の一に比例するというのである。体重が増えると、生き物の生理的時間、つまり寿命もそれだけ長くなる。

「寿命を心臓の鼓動時間で割ってみよう。そうすると、哺乳類ではどの動物でも、一生の間に心臓は二十億回打つという計算になる。（中略）物理的時間で測れば、ゾウはネズミより、ずっと長生きである。ネズミは数年しか生きないが、ゾウは百年近い寿命をもつ。しかし、もし心臓の拍動を時計として考えるならば、ゾウもネズミもまったく同じ長さだけ生きて死ぬことになるだろう。小さい動物では、体内で起こるよろずの現象のテンポが速いのだから、物理的な寿命が短いといったって、一生を生き切った感覚は、存外ゾウもネズミも変わらないのではないか。」

そう考えると生き物の死は不公平でも不平等でもなく、犬も猫も鳥も象もネズミもみんな公平・平等に自分の時間の中で百パーセント生きて死ぬことになる。大きなゾウの心臓もあればアーモンドの種ほどもないネズミの心臓もある。その心臓の鐘をゾウはゆっくりと打ち、ネズミは大急ぎで打ちまくり、二十億回打ったらサヨウナラ！

もうカワセミや犬のルビィの死を嘆くまい。私も哺乳類の一員で心臓の鐘を打つ仲間である。さてどんなふうに胸の鐘を打とう。生き物たちの順列に並んで、犬よりは大きくゾウよりは小さい、その心臓を打ち鳴らしていくのである。

燦々・沼正三

沼正三の文章で鮮やかに覚えているものがある。数年前に故郷・福岡の古本組合の会報誌へ寄稿したものだ。

原稿依頼の橋渡しをしたのは、沼正三と長い付き合いの装幀家Mさんである。「よかよ。もう、とってもよか文章たい！」と彼女が電話で言うので、私も取り寄せてもらった。

タイトルは『十一月二十五日の痛憤』とある。〈一九七〇年十一月二十五日は生涯、忘れ得ぬ日となった〉という書き出しで始まる文章は、そのタイトルで示すごとく三島由紀夫の自決当日の記憶を綴ったものだ。

三島は沼正三の『家畜人ヤプー』を事実上世に出した大恩人である。

これは奇書というより、一般読書界においては、生まれ出ずることさえ禁じられたような、いわば鬼っ子といえるものであった。その出生の由縁をたずぬれば一目瞭然、〽蓮の花、育ちを問わば泥の底……一般人は目にすることさえ憚れる「奇譚クラブ」というごく一部の好事家のための変態雑誌に、二年間連載されたものである。
それを三島由紀夫が発見して、外見を懼れることなく、頁を切り抜きスクラップ帳にして知友はもとより出版社の編集者にまで読ませてまわったのだ。それが契機で一躍『家畜人ヤプー』は刊行され一大ベストセラーとなる。その恩人について沼正三はこう書いている。

彼の判断にはなんらの依怙贔屓もなく公平無私であった。自己の好みからすれば不愉快としながら、傑作は傑作として『楢山節考』『風流夢譚』の深澤七郎氏を発掘推奨したのも彼である。

この三島への評価は説得力がある。『風流夢譚』は何しろ、天皇の首がスッテンコロコロ……、と書かれたような小説で、三島にすればどんなにか不快きわまりないものだったろう。公平無私であったという沼正三の言葉には、ああいう亡くなり方をした恩人を庇い顕彰するような、決然とした想いが感じられる。

『家畜人ヤプー』は版を重ねて、№入り限定五百部の愛蔵版が刊行される。その本の№1を三島由紀夫に、№2を澁澤龍彦に、№3を大阪の『奇譚クラブ』発行兼編集長に、それぞれ郵送でなく手渡しで献本し礼をのべようと、沼正三は家を出た。アポなしで相手が不在なら置いて帰る。それでも手渡しの気持ちは伝わるに違いない。それが一九七〇年十一月二十五日の午前十時前だった。

一番に大田区馬込の三島邸に行くと、お手伝いが出て主人の不在を告げるので本を差し出して、辞去する。次に北鎌倉の澁澤邸に行くとあるじは寝ていて、夫人に渡す。それから横浜まで引き返し、新幹線に乗るため駅へタクシーを走らせた。

そのタクシーのカーラジオであの衝撃的な臨時ニュースを耳にしたのだった。「あっ、三島さんの首がころころっと」

こりゃ芝居なんかじゃないんだ、首を斬られたら、元には永久に戻らないじゃないか！頭の中はマッシロ、いつどうして大阪まで行けたのか、全く記憶にない。

結局、大阪の『奇譚クラブ』の発行兼編集長も不在だった。最後の一冊を出版社の人に言付けて、気分のやり場もなく暮れ方の京都で途中下車する。そこで知人と電話が通じ新京極で一緒に飲むのだが、泣けて泣けてどうしようもない。相手もあっけにとられて言葉もない。

あの時、抑えようもなく堰を切ったように溢れ出てとめどなかった涙は何だったのか。三島氏は功なり名を遂げた一級の作家であった。敬愛する両親、愛妻に子供達、それに相応の資産、邸宅、しかも頗る健康体であった。俗世間的には総てを充たされた状況にありながら、ああいう凄惨な死に方を未練気もなくやってのけた繰り返しの利かぬ一回性だけの決意と実行は言葉で言いつくせるものではない。私はかといって、必ずしも三島氏の熱心な愛読者ではなかったにしても、このこととは別の想いがあった。

彼は積極的な善意があり、新人が登場する、一芸を以て登場してくる人に、長所があったら是非認めたいという善意。他人がどう評価してるとか、どう思うかなどの右顧左眄いっさいなし。これほど無垢で純一な作家はいなかった。且つ行為においても。言葉の半分は嘘であり、後の半分はその弁解で成り立つ、と人は言うが、彼にはその弁解が何一つなかった。

改めてご冥福を祈りたい。

『ふるほん福岡VOL3』（福岡市古書籍商組合刊、二〇〇五年十一月十一日）

この最後のくだりの文章は、死せる三島由紀夫への賛と共に、恩人の倍近い年齢を生きた沼正三自身の人品・至誠を表していると私は思う。

沼正三はどんなときも礼儀正しく謙虚だったと、前述のMさんは評す。じつはこの『異嗜食的作家論』の刊行の話を沼夫人に取り付けたのもMさんだが、彼は常に静かで品格の人だったと言う。「白くてね、普通の男性にない、不思議な清潔感がある方でね。何や、星のごたる人というか」

同じようなことを言った人を私は別にも知っている。

沼正三、八十一歳、死去する前の年だったかに聞いたものである。


しかしその星のような人物が生まれたのは、筑豊炭田のど真ん中、飯塚市幸袋の炭塵が舞う土地だ。炭坑王伊藤伝右衛門を見限って、柳原白蓮が出て行った町でもある。

だが記憶にある子供時代はもう福岡市の活気の中で過ごしていた。ただ家はドブ川筋と呼ばれる一角で父は町の底辺の相場師。つねに貧しかった。

沼正三とその故郷を考えるとき、私にはどうしても夢野久作のあの顎の長い奇妙な顔が浮かんでくる。時代は四十年近く遡るが、久作も中央区に生家があり同じ大名小学校に通ったのだ。彼の父親は有名な国家主義者の頭山満の片腕といわれた人物だった。二人は、片や相場師、片や国士で名を馳せた男を父に持って育ったのである。それでも沼正三と夢野久作は似ている。

日本文学の土壌から眺めると、この二人の怪人は文学の主流からどーんと外れた所でまさしく「いいとこ勝負」の間柄である。

久作の『ドグラ・マグラ』は日本の怪奇探偵小説中の三大奇書とされ、沼正三の『家畜人ヤプー』はこれこそSFマゾの戦後最大の奇書といわれる。日本文学の奇人を二人も輩出した福岡は、考えてみれば不思議な土地だ。

両者の書く小説は作風もテーマもまるで違うのに、おおいなる共通性がある。タガが外れたような想像力で、奇妙なテレツな空想力でもって、猥雑で浪漫的で、シュールなのにリアリズムで、汎アジア的で脱日本的で国粋的で、観念的で具体的で、大長編小説だ。

福岡は古くは遣唐使の時代から大陸とつながってきた土地である。アジアに向いて拓けてきた福岡の進取と、猥雑の臭いが彼らの作品の底には流れている。

『家畜人ヤプー』を初めて読んだ三十代の頃とは違って、今、私がこの年齢でもう一度読み直すと、性ホルモン減少のおかげで視界は晴朗に澄み渡り、かつてあれほど辟易した女主人公のオナニー用の舌人形や、人間便器、読心家具、靴具畜などと、めくるめく人体改造の発明に感心しながら笑ってしまう。

そのうえ何という博覧強記なのだろう。

それに加えて、痛快、破天荒、誇大妄想ときて、ガルシア・マルケスの『百年の孤独』に勝るとも劣らぬくらい堪能した。三島由紀夫でなくても、面白かったはずである。

沼正三という人は、福岡が生んだ矛盾する巨大な脳髄だったかもしれない。

そうして彼は全貌を見せないまま逝ってしまった。恒星が一生を終えると、暗く光る白色矮星になる。それはMさんの言う沼正三の星と似ているような気がするのである。

三島由紀夫はどんな星になっただろう。赤い凶星などではないことを祈りたい。そして天に昇った沼正三は、かねての大恩人に追い着いて、ようやく本を渡したのだろう。

沼正三は女性に靴で踏みつけられることを至福として、手を合わされることなど真っ平だろうが、そこはとにかくとして、……ご冥福を祈る。

合掌。

房子さんの眼鏡

横山房子の句に私が連想するものは、曇りなく精度の良い眼鏡レンズだ。生前の房子さんの顔を瞼にえがくと、いつもそのうつくしい眼鏡が光っている。

房子さんの眼鏡は磨き込まれているから、よく見える。それで、在るものを言う。ないものや、あやふやなものは言わない。しかし彼女のレンズは何でも射通すように見えてしまうので、在りうべからざるものが在るように現出する。

女性と眼鏡はつい先頃まで、不似合いなものの取り合わせだった。しかし房子さんには眼鏡がよく似合った。細面の白い顔と、着物と、眼鏡が、三つ揃うと、理知的で品格正しい女流俳人の風貌が整う。

明晰なレンズの眼を持って、狂を言わず、妖を言わず、虚を語らない房子さんの句は、現実派の台所俳句のようにみなされることもある。しかし房子さんの場合の台所は、食物の調理の臭いが立ちこめた、米のとぎ汁や魚を捌いた血や肉の脂でどろどろした女の仕事場ではなく、もう少し理性で乾いたモダンな場所である。そこでは房子さんの眼鏡も湯気で湿ったりすることがない。

かくいう私も長く台所のテーブルに原稿用紙を広げて書いてきたが、台所は世の男性たちが思うほど湿気に満ちたリアリズムの仕事場ではない。

中元で届いたハワイのコナ・コーヒーを淹れると、湯を注ぎながら見おろす褐色の激しい泡立ちは、眩暈のするような火山の噴火口に変りもする。梅雨時のらっきょう漬けの瓶の中は、じりじりと百個のムンクがひしめいている。台所は理科系の叙情漂う場所でもある。

房子さんは結婚以前、タイプライターを打っていたと聞く。若い頃も眼鏡をかけていたのだろうか。いつも眼鏡のレンズをきっちり磨いて、カツン、カツン、と明晰な音を立ててタイプライターを打っていたのだろう。結婚して台所に入った房子さんは、そのままの房子さんに違いない。

私は房子さんの食物の句が好きである。初めて横山房子という俳人を知ったのは、

寒雷やひじきをまぜる鍋の中

の一句によってだった。ちょうど私は『鍋の中』という小説で芥川賞をとった直後で、真っ黒いひじきが菜箸でかき混ぜられてぎらぎら照っている光景が、この句によって浮かんできた。自分の小説を五、七、五の十七字で書いてしまわれたような気がした。私の『鍋の中』は原稿用紙百八十枚だった。

理科的抒情が深く立ちこめる次のような句もたまらない。

深皿に地球のごとき新玉葱

柔らかに煮られた地球。ほっこりと煮崩れした地球の経線が美味しそうに湯気を上げている。ならばそれを容れた皿は宇宙に違いない。深皿の温みが癒しのようでもある。房子さんの理科は温かい。

地震《なゐ》すぎて歯軋りのごと浅蜊とぐ

この台所は恐るべき広さである。遠浅の海浜に地震の揺れがうねっていく。台所がゆっくりと傾いでいくような不気味な句である。
次の句はシュールな映像を呼び起こす。

河豚食べて粗悪な鏡の前通る

昔、地元の料理屋の廊下の角に、よく錫の剥げた大鏡が掛けられていたのを思い出す。その鏡に映るものは、男も女も風景も、何でも荒んでうらぶれさせた。宴席を抜けてその前を通るときの、ひやりとした気分。鏡に映るのはどんな自分の姿だろうか。
そしてこの句はなぜか私の妄想を駆り立てる。

さくら照る家にあまたの握り飯

照るのは桜でなく、握り飯のほうだ。大きな握り飯がずらっと居並んで、お日様のように照っている図。爛漫の桜の下で、もうすぐ何か世にも大きな祝い事でも始まる前の、賑やかで、めでたくて、しかしまだ物音のない、予兆の一刻である。

房子さんの台所は巨きい。ヒジキの大鍋に冬の稲妻が走り、スープ皿に地球が煮える。その台所の着物の主はどこかへ消えて、愛用の眼鏡が流し台に光っている。白く光っている。

5 絵画

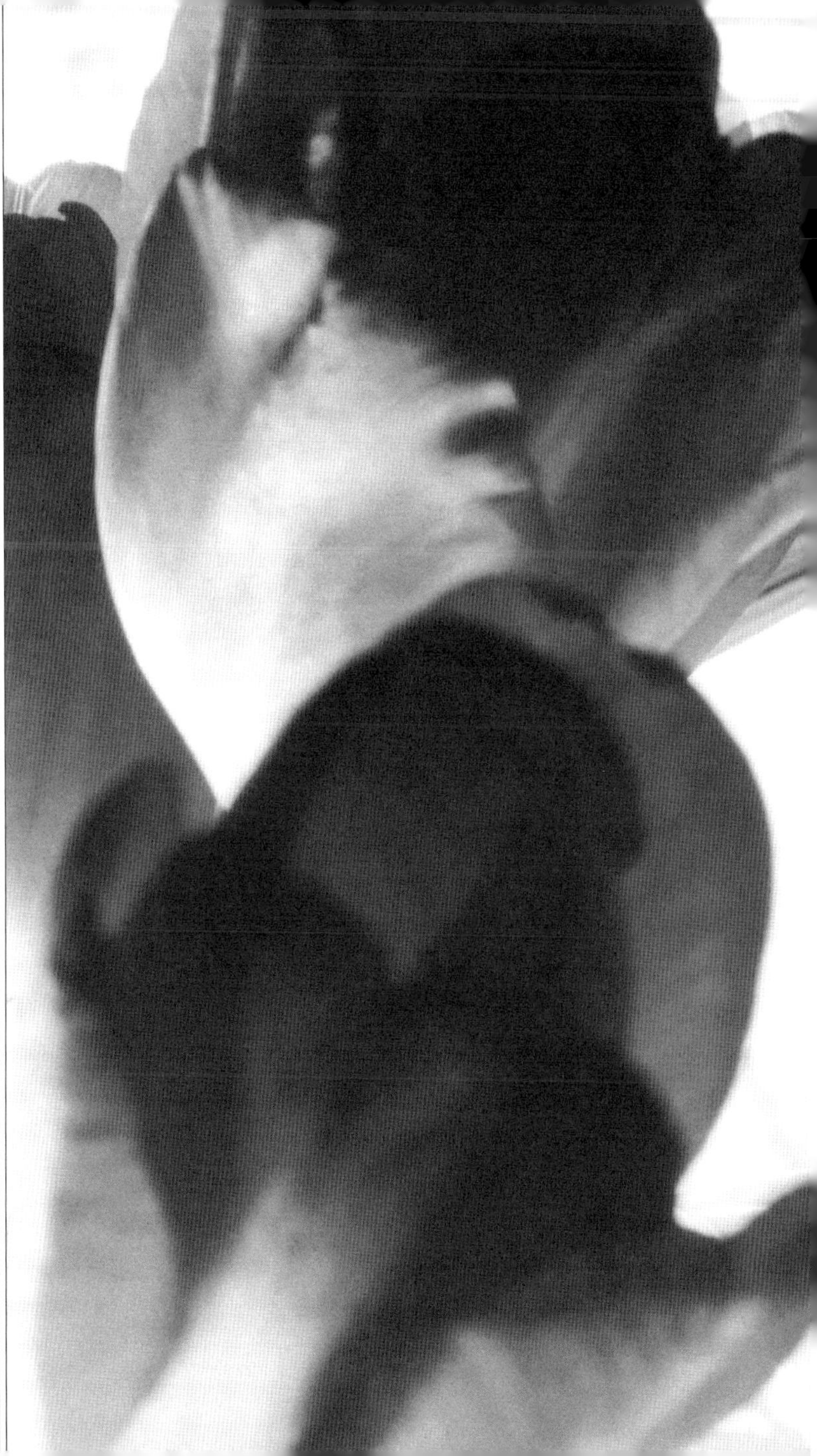

「眠れるジプシー女」ルソー

動物の絵を見るのが好きだが、どうも動物だけのより、人物と一緒に描かれたほうが面白い気がする。そして動物と一緒に登場するのは、やはり女性のほうが興趣が尽きないように思う。

さてルソーの描くこの絵は、冷え冷えとした夜の砂漠だ。月の下に女が一人眠りこんで、ライオンがそのそばに忍び寄ろうとしている。

だが危機感はない。それどころかライオンは、下僕のように女にかしずいて、あたかも女の眠りを守っているかのようだ。砂漠も女もライオンも、ビロードで出来たようにふかふかして、神々しいほどの微光が射している。女と野獣の至福の時間が深まっていくのである。

ルソー「眠れるジプシー女」(1897年)、『アート・ギャラリー現代世界の美術ルソー』(集英社)より

ルソーの絵でなくても、もともと女とライオンは親しい間柄かもしれない。

かつて昭和二十年代、金髪や茶髪が珍しかった時代、下着デザイナーの鴨居羊子が自分の髪を染める理由をこう言った。

「少しでもライオンの気持ちを、わかりたいから」

猫好きの私の女友達も髪を赤毛にしているが、

「あたしもね、ライオンのたてがみに憧れたのよ」

と打ち明けたものだ。

女とライオンの蜜月関係……のおかしさ。

一枚の絵にライオンと人間の男を配すると、闘争の絵が生まれる。けれど女を配すると、かくも一変してしまうのだ。

「横たわるレダ」ブールデル

西洋絵画で「白鳥」といえば、淫らで好色な鳥という先入観が出来てしまった。ギリシャ神話で、レダを我がものにするためゼウスが白鳥に化ける話を知ってから、この長い首を見るだけで、好色鳥！ と思ってしまうのは私だけだろうか。

鳥のくせに人間の女を犯すなんて。あまつさえ女の官能の喜びを味わわせるなんて。そして自分の卵を産ませるなんて。

この題材の絵は様々あるが、モローの白鳥は肥満気味で、レダは神々しすぎて実在感がない。コレッジオの白鳥は瘦せすぎで、レダは老け顔だ。

ブールデル「横たわるレダ」、『偏愛ムラタ美術館』（平凡社）より

ブールデル（一八六一―一九二九）の〝レダと白鳥〟の素描集を私が見たのは最近だ。それまでブールデルというと、「弓をひくヘラクレス」の彫刻しか知らなかった。

レダと白鳥に関する素描が何十点もあった。横たわるレダ、のぞけるレダ。立っているレダ。うつぶせのレダ。まさにレダ百態で、ということは、白鳥百態の図でもある。

巻きつく白鳥。接吻する白鳥。覆いかぶさる白鳥。すがりつく白鳥。のしかかる白鳥。大きな真っ白い羽根をレースのように広げ、みだらな長い首を差し込んでレダを犯しまくる。

だがブールデルの筆は単純・素朴・おおらかで力強い。人と鳥の営みがしだいに崇高に思えてくるから不思議である。

「赤ずきん」（ペロー童話集挿絵）ドレ

「赤ずきん」の童話は、娘たちが道徳の小道を踏み外さぬように教訓をこめて書かれたものだが、『ペロー童話集』の「赤ずきん」の絵を見ると、道徳どころか、奇妙に愛らしいエロティシズムを感じてしまう。

昔からオオカミという動物は、女性にとって危険な男の代名詞である。ギュスターヴ・ドレの描くオオカミは、昔から数ある「赤ずきん」の絵本の中でも、とりわけ危険な悪役の魅力を持っている。実物以上の大きな体といい、毛むくじゃらの大顔といい、恐怖と愛嬌を兼ね備えている。

また赤ずきんの女の子も、なかなかの美少女

ドレ「赤ずきん」、『ペローの昔ばなし〈新装版〉』（白水社）より

である。柔らかな頬や唇はあどけなさと共に、オオカミから狙われるに充分な女性のエロスが早々と見て取れる。

この挿絵の場面はドキッとさせられる。赤ずきんとオオカミのベッドシーンのようではないか。赤ずきんの表情はもうオオカミの正体を見破っているが、おばあさんのナイトキャップをかぶったオオカミの顔は、次の場面への期待に満ちてワクワクしている。この顔はまさに不埒な男そのものだ。

もしドレがこんな美少女の赤ずきんや、恐ろしくもぬけぬけとしたオオカミを描かなかったら、『赤ずきん』の童話は、子供の世界以上の普遍性を持てなかったかもしれない。

「犬になった日」奥山民枝

ごらんの通り、これは人と動物が別々にいるのではなくて、一匹の中に女と犬がはまりこんでいる。この姿、半人半犬というところか。

しかしよく見ると、この犬は体を覆う毛が生えていない。ねっとりした人肌みたいな犬である。

それに足には肉球がなく鋭い爪もなく、人間の女性の繊細な足そのもので、脂肪ののったお尻はつるんとして、尻尾の痕跡も付いてない。

二十年近く前、初めてこの絵を見たときの夢魔にはまり込んだような胸苦しさを、今も忘れることができない。

奥山民枝の絵では、じつにいろんな動物の中

奥山民枝『犬になった日』(1978)、『奥山民枝 旅化生』(美術出版社) より

に人間の女が身を潜ませている。あるときは鳥の中に入り、また猿の身中に潜り込んでいる。隠れん坊のようである。

しかし彼女はすぐ見つかる。まだ人間のままの眼がうっとりと微笑んでいる。あと少しで隠れおおせる寸前の、この満ち足りた表情はどうだ。

もうちょっとで尻尾も伸びて、毛も生える。長い耳にもふさふさの毛をなびかせよう。そう、あともう少し。

だが奥山民枝のこの絵、「犬になった日」は、つまりは「犬になれなかった日」の象徴的な肖像画である。人間は犬にはなれない。そのぶんだけ夢魔の世界が濃く深くなるのだ。

「ヴァヴァのために」シャガール

シャガールは六十五歳のとき、二十五歳年下の女性「ヴァヴァ」と再婚した。この絵はその新妻ヴァヴァのために描かれた。

花束を抱えた女が、背景の闇に浮かび上がっている。月のような白い顔。夢見るような大きな眸が見開かれている。

され麗しい女性に捧げて似合うのは、花束と動物である。だが小鳥では可愛すぎるし、犬や猫では野性味に欠ける。だからといってルソーが眠れるジプシー女に捧げたライオンでは、獣性が強すぎるだろう。

そこでシャガールがヴァヴァの絵姿のそばに描き加えたのは、馬だった。図体はライオンよ

シャガール「ヴァヴァのために」(1955)、『現代世界美術全集17』(集英社)より

り大きいが、馬は人間と親しい間柄の優しい生きものだ。昔から家畜として飼われた馬は女性の長い友達であり、異類婚の民話では結婚相手でもあった。

月や花や小鳥より、馬と女性は似合うのだ。そういえばヴァヴァに頬ずりする馬の目は人間のようだ。絵の右端に目をこらすと、引っかいたような線で男の横顔がうっすらと描かれているのが見えるだろうか。シャガール自身が隠れているのだ。

シャガールは絵の中で、頭を垂れて祈っている。彼の心はたぶん、この絵の馬に入り込んでいるのだ。結婚より三年後、シャガール六十八歳のときに描いた魂の絵である。

「金魚」クリムト

クリムトはしばしば水の中の女性を描いている。その水は、水というより、女体を浮遊させる液状世界とでもいうようなものである。

妖しくきらめく水中花の瓶の中を見るようだ。ここでは水中花の代わりに、女の裸体がゆらゆら揺らめいている。くびれた胴体やまるまると膨れ上がった巨大な腰。

クリムトの女体は、観賞用だ。その同じ水中花の瓶の世界に、これも観賞用のぷっくり太った金魚が投じられる。

魚類も女類も夢幻の水中生物となっている。

何でも「金魚」が一九〇四年「オーストリア美術展」に架けられたとき、ザクセン皇太子が来館するオープニングの間だけ、この良識への挑戦ともいえる絵を撤去するよう命じられたという。

岡本かの子の小説『金魚撩乱』には、目も綾な金魚の描写がある。

「見よ池は青みどろで濃い水の色。そのまん中に撩乱として白紗よりもより膜性の、幾十筋の雛がなよなよと縺れつ縺れつゆらめき出た。ゆらめき離れてはまた開く」

このあでやかな魔性の金魚の描写は、読むほどに、クリムトの絵の中の、金魚よりも女体のほうに、はるかにイメージが重なってくる。

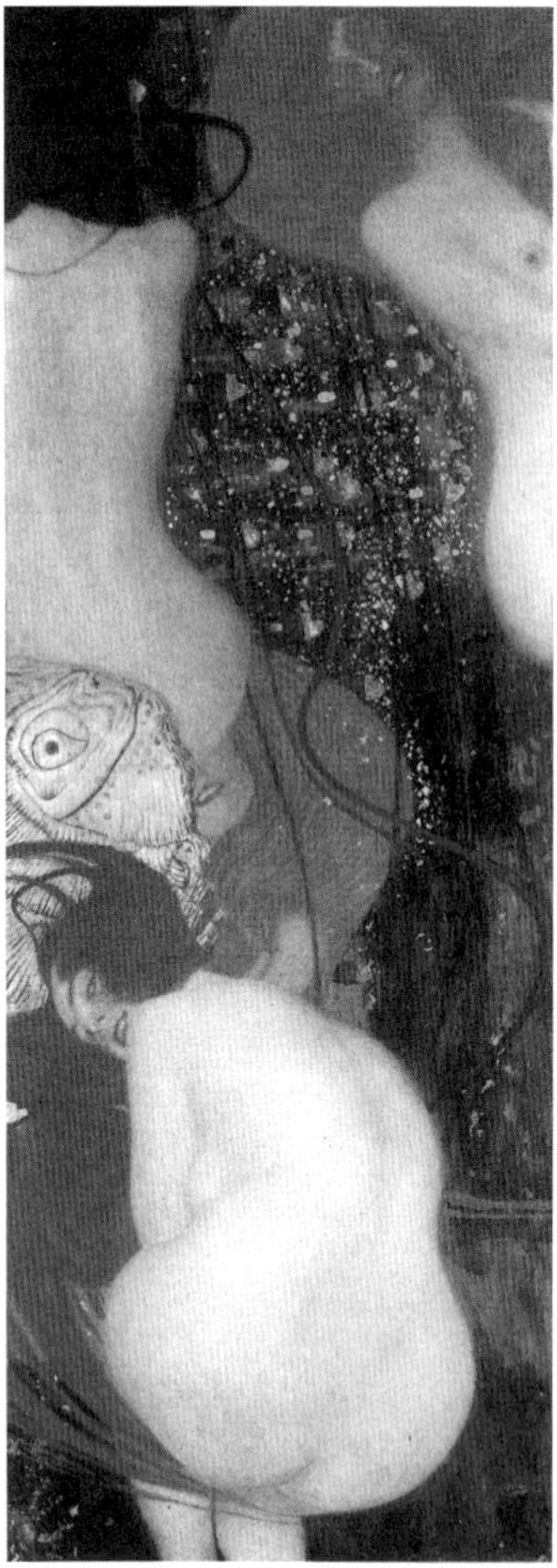

クリムト「金魚」(1901)、『アート・ギャラリー現代世界の美術クリムト』(集英社)より

「青い鳥」斎藤真一

暗赤色の血のような空と、水の色とも見えない黒ずんだ海。ここは津軽か、下北の浜か。斎藤真一は、津軽三味線を抱えて北の地を行く盲目の瞽女たちを描いてきた。この絵の女は三味線を持たず旅装もないが、目が閉じられているところから、やはり旅芸人の系譜の者だろう。

斎藤の「ごぜ鎮魂」という詩の中にこんなフレーズがある。

無明の性は／生まれたときから／死んでいる初めに死んだから／もう死ぬことがなく／生きているほかはない

斎藤真一「青い鳥」(1975)、©(財)出羽桜美術館分館 斉藤真一心の美術館

決められた旅／繰りかえす唄／食とねむり

女の顔は青白く死人のようで、そのぶん背景の空の紅蓮が死のエロスをかきたてる。さてこういう女の横にどんな動物が要るだろう。生死の境、宿命と後生を願う彼女たちに、ライオンや馬は現世的すぎる。花も愛玩用の犬猫もそぐわない。

斎藤の描く女たちの手指は、この世の仕事に堪えられないように細い。そのかぼそい両手が、一羽の青い鳥を高くかかげ持っている。鳥は女の願い、希求のシンボルのように、繊細な美しい羽を広げているのである。

女と、鳥と、これは間合いの詰まったぎりぎりの構図だ。

「Snare」パウラ・レゴ

さてここにかわいそうな犬がいる。

「ああ人間のお嬢さん。どうかお許しを……」

と犬が泣いている。

いつでも女の子は世話好きで意地悪だ。犬は格好のいじめ相手。いや遊び相手だ。このおてんば娘は、犬をどうしようというのだろう。仰向けにひっくり返して、これからどんな不届きな行為をするつもりか。

パウラ・レゴはポルトガルで裕福な家の一人娘として育った。年取ったメイドや家庭教師、祖母など、彼女を取り巻く女たちから聞かされた、人と獣と、闇と明るみの境目のない世界。

だからパウラの描く絵は恐ろしい矛盾に満ち

パウラ・レゴ「Snare」(1987)、『PAULA REGO』より

ている。白雪姫はふてぶてしい大きな尻の年増女で、老婆たちは物陰で出産に余念がない。転倒の世界である。

そこに愛らしい少女たちの一群がいる。娘たちは人間の少年には見向きもせず、哀れな犬たちを捕まえて、むりやり抱っこしたり、ミルクを飲ませたり、それかと思うとあわや、犬を押し倒して犯そうとする。

娘たちはままごとのように、人形遊びのように、一心不乱に犬をいじめ、犬と遊ぶ。だがかれらの表情のなんと愛らしいことだろう。幼女と老女と動物の、奇妙な王国なのである。

「用心棒もしくはひも（A）」　鴨居羊子

金髪に黒のタイツの女と、でっかい犬が一匹。肖像画のように生真面目に描いてある。

だがおかしいのは、戸外にいるのに、女はヌードダンサーのような半裸で、そばの犬はむくつけき大頭にピンクのリボンを付けていることだ。

昔、股旅者の映画で、やくざが女の着物の腰紐をたすきにしていた。あれと似ていて、何となく微笑を誘う。

鴨居羊子（一九二五―九一）は女性の下着デザイナーで、五五年に「チュニック制作室」を創立。ナイロン・トリコットの七色のスキャンティやブラジャーを作った。

鴨居羊子「用心棒もしくはひも（A）」、『花束のカーニバル』（北宋社）より

そんな羊子のそばに大きな図体で寝そべっていたのが、初代鼻吉だった。この犬が死んだとき、羊子は庭の花で首輪を作り、亡骸を奄美土産の大漁旗で包んでやった。

「凱旋将軍のように華やかにしてやりたい。花の首輪をし、馬の鈴をつけ、私の一ばんいい写真もいっしょに入れてやろう。なんなら一しょに死んだっていい」(「のら犬のボケ・シッポのはえた天使たち」)

絵は彼女の仕事の合間の楽しみで、代々の鼻吉や、ノラ犬、ノラ猫を描き続けた。羊子の動物への可愛がり方は、よく男が「女子供……」とよぶときの、あの女子供の理屈抜きの愛だった。犬の頭のリボンがそれを物語って切ない。

「仏涅槃図」命尊

今回、十枚目の絵に選んだのは、鎌倉期の命尊の作、『仏涅槃図』だ。私の想う動物画の究極はこれである。

絵の中央には巨大な仏身、釈迦が横たわって入滅の刻を待っている。そばにいる菩薩たちは祈り、弟子や在家の人々、動物たちは嘆き悲しんでいる。

だが仏の死は永遠の生を証すことでもある。それでこの涅槃図は悲劇と共に荘厳・恍惚の絵でもある。夜更け、電灯のあかりの下にこの図録を置き、拡大鏡を当てて覗いていると、人はむろん、動物の表情の一つ一つがじつにいい。

絵の下方に控えた獅子や馬や牛や犬や兎。豹や猪や猿や亀や孔雀や、その他大勢の鳥たち。中でも目を引くのが、地に仰向けにひっくり返って号泣している白象だ。

レンズの光にさらされた象の泣き顔を見ていると、けものの慟哭の声が耳に流れ入るようだ。

動物の姿のない冷え冷えとしたキリストの死と較べ、釈迦の死の場面は賑やかで暖かく、一抹のおかし味も漂う。

さてこの絵で女はどこにいるか？　絵の上の方、空である。この巨きな人の子を産んだ女性、摩耶夫人が雲の上から見守っている。天と地に分かれ、女と生きものはこうして一枚の絵に描き込まれているのである。

命尊「仏涅槃図」
（兵庫・妙法寺蔵、1325）

6
癖

怖ろしさと懐かしさ

この齢になって初めて「空間恐怖」という言葉を知った。住居や町、自然など自分の周辺の空間に、過度の感受性を示す症例をいうようだ。私が子供の頃から公園の滑り台やジャングルジムが苦手で、押しいれやエレベーターを恐れた「高所恐怖」や「閉所恐怖」も、この「空間恐怖」に入るという。

インターネットで検索すると、「空間恐怖」症の人たちがブログに集い、あれが恐い、これが恐い、と語り合う様子が、恐怖と抱き合わせでゾクゾクする快感を味わっているようだ。そして私も今までその快感を故も知らず追っていたことになる。

「閉所恐怖」はゾクゾクする余裕もない苦痛であるから論外として、私はなぜか昔から長い斜面に心魅かれた。ピラミッド、坂道、夕暮れに浮かぶ山の稜線、ことに富士山のシルエット。目に浮かべば異界へ引き込まれるように怖ろしく、しかしどこか懐かしく、恐怖と快感が相半ばする。

それで斜面が登場する小説をいろいろ書いた。長い山の斜面の途中に風呂を立てて、風呂の湯の水面だけ水平で、そのわずかの湯気の昇る水面に弟と祖父と首を浮かべて、自分たち家族はこんな凄いことが出来るのだと思う。

おかしな場面を書いたものだ。

「巨大空間恐怖」のブログには、野又穫という画家の絵が紹介されていた。どうもこの「巨大空間恐怖」症の人々の間で、野又穫の巨大建築物の絵は恐れられると共に人気らしい。興味を覚えて私も彼の画集を取り寄せた。

圧巻は何といっても表紙になった、……この絵は何を描いたものだろうか。巨大な足場の上に載った大きな半円の構造物。建築途中みたでロープが何本か遥か上部から垂れ下がり、青い空にウワーンと半月みたいな口を開けてそびえている。空を透かせたその半円の、半分欠けた弧が怖ろしい。

この弓なりの曲線を内側から這い上がって行くと、やがてグウーンと反り返って、ついにはるかな下界へ落ちてしまう。その辺りで何とか外側へ回り込んで這い上がって行けば、やがて空の高みの突端にでることになる。水泳の飛び込み台のような円弧の先端に出てしまう。

ああ。そこに伏せて、立つもならず、座るもならず、風にふかれるときの気持ちはどんなものだろう、と眩暈を覚えながら想像する。たぶん野又さんという画家も「空間恐怖」の感受性を鋭敏に受け持って生まれた人だろう、と私は勝手に思い込んで感動する。

画集の中に「煙突のある風景」という文章があって、それによるとこの人は東京の小さな工場の入り混じった土地に生まれ育った。生家は型染をする染物工場で、近くに風呂屋があった。父親の自転車の後ろに乗ってよく同業の工場をまわって帰るとき、この煙突の煙が見えるともいわれぬ安心感を覚えたという。

近所の木型屋の木片で遊び、風呂屋の燃料になる大量の廃材で基地を作る。給水塔のある風景。ときどき自衛隊の駐屯地に飛来するヘリコプター。幼時体験の幾つかがこの画家を今も育み続けているのか。

画集を閉じたとき、私の眼にふといつもの馴染み深い、恐怖と郷愁をそそる長い斜面が浮かんだ。斜面は長くて黒い。私の脳裏に棲みついている斜面はかならず黒い色なのだ。あ、と思った。炭坑のぼた山……。

その稜線は山は山でも一本の木も草もない、ぼた山ではなかったろうか。生まれ育った北九州は鉄を生産する土地で、炭坑のある筑豊は鉄を作るための石炭を産出する町だった。ものごころついて筑豊に行ったことも、ぼた山を見たこともない。

しかし祖母は筑豊の出で親戚もいたはずだ。記憶にも残らない小さな頃に私はその田舎で、夕空にぼた山のシルエットがそびえる景色を見たのではないかと強烈に感じた。

このようにわけもなく強く感じるのは、きっと私の閉じられた記憶が閉じられたままで反応しているのに違いないと、そんな気持ちさえしたのである。子供心にただだいちめん真っ黒いぼた山は、視野を圧倒的な力で塞ぎ、魔物のように空にそびえていたのだろう。

「空間恐怖」と同じ意味で「広場恐怖」という言葉がある。同じ空間でも、こちらには沢山の人の気配が感じられる。私はそれで思い出すことがあった。

子供の頃から私はいつかどこかで、昭和天皇をまぢかに見た気がするのである。それは誰に聞いたのでもない。頭の中のどこか薄く禿げちょろの映像になって、消え残っている感じだ。

ずいぶん広い所に大勢の人が集まって、人で埋まっている。その中に私が祖母か誰かに負ぶわれて、その類い希なる人物を見てる。しかしその人物の姿の記憶にない。ただ群衆がその一点に向いていて、渦のようだったとでもいうか。その中に番傘やコウモリ傘がちらほら開いていた。

この記憶は後に新聞社に調べてもらい、事実とわかった。戦後、人間宣言をした天皇が全国行幸の途次に、北九州の八幡製鉄所に立ち寄った。その製鉄所の門は生家と目と鼻の距離だった。祖母が私をひょいと担いで走ってもふしぎはなかった。その日は小雨だった。

真っ黒な夕景のぼた山を恐れた子供は、人間天皇を見にきた群衆と、人で埋まった製鉄所の門前の異様な空間も、脳裏に焼き付けたのだろう。そこはただならぬ広場だった。

籤を引く

北九州の町に路面電車が走っていた頃のこと。電停の前に小さな窓の開いた小屋があって、そこで電車の切符を売っていた。あるとき買い物に繁華街へ出た帰り、電車に乗るため切符売り場に行くと、その列の長いこと、何十人も並んでいた。

その間にも電車が何台か通り過ぎ、我慢して待つこと二十分くらい。やっと番がきたので売り場の小窓に「おとな一枚！」と百円銅貨を出したら、中からおばさんの冷たい声が返ってきた。

「ここ宝籤売り場ですよ」

馬鹿ね。と家族や友達に言われた。その売り場から当選籤が出たとかで、評判を呼んでいるらしい。せっかく待ったんだから一枚でも買ってくればよかったのに、と自分が買い損ねたように言うのだ。

母もよく宝籤を買っていた。うちのダンナも一時期は会社の人たちと一緒に買っていたようだ。当たった話は聞かない。私は宝籤は一生に一度も買うことはない。面倒くさいのである。買うことも面倒で、買った後に「さて当たるかな、当たらないかな」と思うのも面倒だ。買えばきっとそう思うに違いない。

それに肝心の宝籤の券をしまい忘れるのは火を見るより明らか。宝籤の当選者が出てこないことがよくあるが、私のような人間が世の中に沢山いるからだ。

そういえばこの原稿を書いている今は、街は歳末セールで賑わっている。この時期、私がいやなのは店で何か買うと必ずくれる籤である。「いりません」とわざわざ断るのもおとなげなく、籤を手渡されると、店の横に抽選所の台が設けられていて、「はい、お客さん、こちらへどうぞ!」とばかりに景気よく呼ばれる。「はい、いいのを引いてくださいヨ」なんて言っても、どうせ特賞だって自転車くらいのものだ。

私は自転車は乗れないからいらない。残念賞でボールペンが当たるのが関の山だ。そうと知りつつ白い箱にくり抜かれた穴へ手を入れるとき、ドキドキするのはなぜか。運命の女神がほんの少し首を傾けて覗いているような気がするのが、自分ながらあさましい。

それで「平常心、平常心」と念じながら籤をかき混ぜて、一つ手にした籤を取ればそれにあっさりと運をゆだねるわけで、それは忌々しいので握った籤をまた放し、今度は別の籤を考える暇のない速さで摑んで、箱の穴から取り出す。「はあい、35番、残念賞！」

そんなストーリーがいやだから、籤のたぐいはもう極力引かない。何もアテにしない。何も頼らない。何もいらない。だから験も担がない。

そう決めて暮らしているのだが、あれはいつだったか。グランドキャニオンに行く途中、ラスベガスに泊まった翌日、あそこは空港にも小さなカジノのゲーム機があって、友達に誘われて小銭を入れたら出た、出た、出た。周囲が取り囲むほどジャラジャラ出て、みんなの歓声を浴びた。もしかすると自分のこれまでの生き方は、とんでもなく間違っていたんじゃないか、とそのとき一度だけハッと思ったものだった。

飛び込む

川っぷちを通りかかると、車のハンドルをそっちの方向へグゥーンと切りたくなる、という女性がいた。危ない、と思えば思うほど手が引き寄せられるように動くのだ。何度か近くの遠賀川（福岡県）に落ちかかって、運転をやめたという。

まだ結婚前のこと、私も車の免許を取ろうとしていた頃の話である。

その彼女の夫には浮気相手の女性がいて悩んでいるようだった。川っぷちや崖の上で車ごと死のダイビングに駆られるのは、たぶん夫婦の状況が原因していたのだろう。しかし、その話を聞いたとたん、なぜかその飛び込み願望が私にも感染した。

当時はみんなよく平気で免許を取るまで路上練習をしていた、私は遠賀川の長堤にさしかかるとハンドルを握った手が汗ばんでくる。あるとき間一髪のことがあって、結局、自分は運転不適格の人間だと知り免許取得を諦めた。以来、この年齢まで車なしの徒歩人生を不便にも送ってきたが、きっと車に乗っていたなら今日まで命は保たなかっただろうと思う。

生来の高所恐怖症である。熊本城の天守閣を這って登り、這って降りた。陸橋も身のすくむ思いでやっと渡る。そうまでして苦手の高所へ近づかなければいいのに、これまたなぜか吸い寄せられてしまうのだ。怖ろしい場所は同時にスリリングな魅惑に満ちた所でもあるので、今でも北九州の工業地帯の空にそびえる水色のガスタンクを見ると、あの空に透けるような細い鉄の階段を登りたくなる。

高所とダイビングの誘惑を抱き合わせで、墜落があるから高所は常に美しく光る。想像力人間なので、この墜落への衝動は戸外だけでなく家の内でも続いており、それが一番発動するのは台所だ。

フライパンで野菜を炒めていると、豆粒のような自分が身を躍らせてその中へ墜落していく姿が瞼に浮かび、菜箸でかき混ぜながら一人で鳥肌立っている。また、真っ黒い泡の立つコナ・コーヒーを淹れていると、コーヒー・ペーパーの中の泥濘が火山のマグマ大に拡大されて、噴火口から身投げする人間の心境はこうかと震える。

ただ現在は、臆病人間である上に加齢のせいもあって、実際にダイビングするような実力はなく、台所でゾッとしているだけだ。

ところで、私と同じように車のハンドルを握ると危なくなる友人が大分に住んでいる。彼は仕事上やむなく車に乗っているが、私用で出かけるときは奥さんに運転を任せてしまう。そんな彼が久住高原（大分県）のソラという場所へ案内してくれたことがある。

「無茶苦茶にいい所でね、もう絶景としか言いようがない！」

彼の奥さんの運転で案内してもらったが、ダイビング願望と恐怖症合併の男が推薦するだけに、じつに凄かった。奥へ奥へ高原を行くと大地が津波のように隆起した高みへ辿り着く。細長い丘陵で頭の上は空しかない。地名のソラはそこからきている。断崖の道の背後は鉄条網で仕切られた牛の放牧地だ。

まさにここより高いところはないという感じである。むろん久住高原にはもっと高い山々があり、丘の上からは遠く阿蘇山や韓国岳なども見渡せた。それなのになぜここを高いと思うかというと、たぶん高さを感じる舞台装置が完備しているからだ。

広い広い丘の上は風と空ばかりだ。車が停まったところは空の入り江のように断崖がUの字型に入り込んでおり、車を下りて道の端に立つと遥か眼下の風景は陽炎にかすみ、満杯の水の底のように見えた。緑の高原が水底に広がり雲の陰が掃いている。

けれどたっぷり浸した水というより、ひしひしと何かが張り詰めたような感じもするのである。満杯の空《くう》。空《くう》が漲っているのだと私は思った。

彼は崖の上に立って、何だか気の弱い投身自殺者みたいな青い顔で下界を見ていた。薙ぎ倒すような風があたりには吹いていた。

「毎年一、二頭くらい、牛が堕ちるらしい」

と彼が言う。私の脳裏にそのとき堕落する牛の姿が映った。しかし牛は途中の空にひっかかった。透明プラスチックみたいな空にズドンと落ちて、はまり込んで、牛型の穴を作ったまま空の中途にひっかかっている。

そんな気がした。

危険域は人を恐怖させる一方で勇気ある者には活力も与える。

その麓でベゴニア園を営んでいるNさんは、脱サラの決心をソラの断崖に立って固めた人だった。大分市内のデパートの園芸コーナーに勤めていた彼は、ベゴニアの多様な咲き方に魅かれてここへハウスを建てたという。園内にはバラやボタンと見まがうような何百種ものベゴニアが育っている。

「ソラの崖っぷちの岩の上に腰を降ろして、ヨシ、やろう！　と腹を決めたんです」

ソラへ登った帰路、ぶらりと立ち寄った彼のベゴニア園で友人と私はそんな話を聞いたのだった。

人も様々である。Nさんにとっては背水の陣の選択だが、私などの高所で感じる眩暈は墜落の予感への陶酔だけだ。真面目な人と感受性だけで生きる者の差である。

しかし決意か陶酔かは別として、私も人生の選択のときどきにソラの突端に立つような真似をした気はする。

結婚のときもそうだった。もとより決心などというような前進性の選択ではない。ただ岐路の断崖の高みにクラクラッとしたとたん、いつもの身投げ願望がわっと燃えて、危ない、とためらう気持ちのぶんだけそっちの方向へ踏み出してしまった。以来、発作的結婚が何とか続いているのは夫の誠意のお陰である。

就職、その他すべてがやはりダイビングだった。今の仕事もこの延長で、原稿の約束は飛び込みの誘惑とセットである。危ない、危ないという声が自分の内にしきりに起こる。根が臆病者だから冒険などできない。

締め切りのある仕事などはことに恐怖である。編集者が原稿依頼の話を始めると、危険がミシリ、ミシリとこちらへ近寄ってくるのがわかる。

「というような約束でどうですか？」

とんでもない、ここで請ければ地獄だぞ、と内心のささやきがする。そう思ったとたん、目の前にいつもの崖っぷちが現れる。その先はない。ヒリヒリするような空の色だけである。

「そうですね……」

と、しかし眩暈を感じながら私は言う。馬鹿、と舌打ちする自分がいる。

「書いてみます！」

とたんに足が地を蹴って離れる。虚空へ浮上する。後は真っ逆さまに墜落していくだけだ。

しかし全然落ちていかないじゃないか、とソラを教えてくれた友人が言ったことがある。まだ生きて書いているじゃないか。

そのとき、ソラのある満杯の空が私の目に広がった。あそこには幾つもの墜落した牛型と一緒に、人型の穴も開いているのだ。そのひしひしと冷たい空の網に架かって、永遠にひっかかっている私。

戦慄と快感がゆっくりと私の胸を浸していった。

におい

若い頃「放熱器」を読み、例の自動車の前部の「蜜蜂の巣」型の孔から、機械油とガスと埃のまざった暖かい匂いを嗅ぐくだりに出会い、うれしくなった記憶がある。たった一つの自動車の匂いが好きという共通項目で、私は足穂と似ているとおもいワクワクした。しかし、いつ頃からか、足穂のいう匂いに、ある疑問を抱きはじめたのである。

それは、彼の匂いへの愛溺がガソリンや、エリオトロープ、シガー、ワニス、とどんどんひろがり、ついに糞尿のようなふつう嗅覚的には好まれないもののうえまで、およんでいくからだった。

たとえば「WC」の一節の――春の陽がポカポカ照って、ひばりの声がチヨチヨ降りこぼれ、何もかもがとろとろむせている。（中略）そしてそこへプーンと匂ってくる例のかおり――の文章を読んでいると、たんに糞尿臭讃歌というより、もっと大きな日本的農村讃歌を感じた。ところがその農村が、ポカポカ陽が照ったり、チヨチヨ鳥が鳴いたり、とろとろむせるために、現実色を失って絵のような世界になるのである。どこにもない、しかし誰の頭の中にも浮かんでいるような、普遍の農村とでもいう世界だ。そして足穂の糞尿の匂いは、どうやらこの普遍から臭いたってくるもののようなのだった。

また「北山の春」の中には、こんな文章がある。――この、父とかあるいは伯父とかが出たあとのトイレにおける、煙草あるいはシガーと糞尿とが混合した匂いは、幼児の愉しい記憶の一つになっている――ここでは現実の人の顔は消されて、なにか永遠の父親や伯父とよばれる男達の姿が、ゆらいでみえた。彼等のなま身の肉体のかわりに、糞便と煙草の臭いがたちのぼり人型を結んでいるようにみえるのである。

そしてある時、私は足穂のいう匂いとは、私達のいうたんに物質から漂う分子の余燼などでなく、存在から濃く発散される気配のようなものだと、理解した。すると、それまで読んでいた匂いについてのあらゆるくだりが、以前より鮮明に伝わってくるようになったのである。

雨の日の楽器店の、あちらこちらに下がっている弦楽器の木の匂いとニスのかおり。都会の夕べに二〇世紀的哀愁をそそったエグゾーストの匂い……。

足穂はガソリンの匂いが好きだったのではなかろう。ちなみに香水好きの者に聞いてみると、匂いの嗜好はある意味で切実感をもっている。足穂がガソリンという一液体の匂いが好きだなんて笑わせる。彼のような一大観念家にそんな切実なものがあるだろうか。

彼は二〇世紀に登場したハイカラーな自動車の、蜜蜂の巣型の気孔からそこはかとなく漂よう、自動車の気配が好きだったのだ。足穂はそのようにして煙草を、父を、伯父を、農村を、つまり存在するものすべてを、普遍的に愛したのだろう。そしてこの場合の普遍とは、永遠と類似語にとられてもいいような或るものをさすのだと思う。

海峡通い

週に一度、山口県下関市の大学へ講義に通っている。北九州からJRに乗ると、門司駅に着く辺りから左手の車窓に海が現れる。いつもその海が眼に飛び込むとドキッとする。北九州の灰色の工場区を切り裂いて、いきなり真っ平らな青い海面が敷き詰められている。

ドラマティックな変わりようだ。

海の色は日により天候によりさまざまに変わって、同じ色は一日としてない不思議。春先あんまり海の色が柔らかくとろけるようなブルーだったので、学食のテーブルで一緒になった生物の先生に尋ねると、「海の中も新芽の季節ですからね」と言われた。

新芽といっても海草だけではなく微生物などもいっぱい、生まれるシーズンで、その豊饒の色が反映するらしい。しかしそれを聞いて私の頭の中に浮かんだのは、海底にゆらゆら沈んだ春の樹林が一斉に芽吹く様だった。その海を箸でぐるぐるかき回すと今朝の海の色が調合できそうである。

門司を過ぎた電車はすぐ関門トンネルに潜ると、やがて数分で海峡を越えて下関駅に着く。ここに広がる海は風のない晩春の日など、まるで白い薬湯を入れた風呂屋の湯のように見えることがある。うっとりと温かそうで、ちょっとざぶりと入りたくなる。そんな薬湯を湛えたのどかな海面を、外国籍の貨物船が航跡を引いて滑って行く。

駅からはバスに乗り換えて、静かな市街を通って山手へ上がる。弟子待《でしまち》という風変わりな町名のバス停があった。佐々木巌流の弟子たちが武蔵と決闘の日、師匠を待っていた場所だったとか、そうじゃないとか。地元のお年寄りの説明は少しずつ違っている。

そういえばフグの集荷で有名な唐戸市場が近くにあり、そのそばから巌流島行きの船が出ている。行ってもなんにもない小さな島だけど、晴れた日は観光客をたくさん乗せた船が出て行く。

大学に通いだしてもう八年余りになる。勤め始めたころは下関から単線でさらに三十分ほど奥まった所に大学があった。電車の窓に絵のような海がずっとついてきて、春夏秋冬見飽きることがない。それが途中で大学が移転して、下関市内に変わると、いきなり海辺の町に半日を過ごすことになった。

一週間に一度の勤めだから続いているのだと思う。夏休み、冬休み、春休みとあるので、指を繰ると一年間に三十日通うことになる。このほどのよさが合っているのだろう。生徒の気質もまた私に合う。しかしもう一つ、ここへくると視野のどこかに海があるという魅力もゆるがせないのである。

バスの車窓から通りの店の看板を眺める。かつてフランシスコ・ザビエルがキリスト教を伝えにきた土地で、『ラザロ印房店』などという古い看板が眼に入る。あるじはどんな人なのだろうと、白髭の聖人の顔など想像してしまう。しかし看板は相当古く、バスの中からはどんな様子なのか店内は見えない。

『パオロ靴店』という看板も眼に入る。なんてロマネスクな店名だろうと信仰気のない私などはただ感心する。こちらも古い。店をやめてもここの通りにどうぞいつまでも掛けていてほしいと思う。

バスが大学に近くなったころ、これまた郷愁を誘う珍しい看板が現れる。これは木製でなく、壁の漆喰かなにかに浮き彫りにしたものである。

『花岡洗布所』

……つまり昔のクリーニング店みたいなものだろう。洗布所なんて、昭和初期の着物姿の主婦がきりりとタスキをかけた姿が浮かぶ。今はもうむろん店はやってなくて、木の看板なら外せるがレリーフはそうもいかず、放置したままなのだろう。これもどうかそのままにと思う。

さて、いよいよ大学の建物が見えてくろころ、もう一つ不思議な看板が現れる。『花とくつ』と中学生の手が習字の時間に書いたような字だ。

昔ながらの風情の店で、ショーウインドーなどなくて、表のガラス戸の中に看板どおりに花の植木鉢が並んでいる。そしてこれも看板どおりに、奥の棚になにやら運動靴や長靴などが置いてある。革靴などはなくて安価な履物屋という感じだ。

なぜ花と靴を商品にするのか謎だった。靴は工業製品で、花は人の手で養われた農家の生産物だろう。それをどうして一緒に並べるのか。こないだその答えがふとわかったような気がした。花も靴もどちらも土に親しい。花と靴は相性がいいのかもしれない。いつかバスを途中で下りて、庭履きのサンダルなど一足買って、店名の由来をきちんと聞いてみたいと思う。

私の住む北九州ではこんな看板は半世紀以上暮らしても、いまだに出合ったことがない。そうして『ラザロ印房店』も『パオロ靴店』も『花岡洗布所』も『花とくつ』の小さな店も、閑散とした海峡の町に似合っている。

さてバスが大学の前に着くと、それから仕事である。午前十一時十分から十二時四十分まで、階段式の教室の黒板の前に立つと後ろが私語し、後ろへ行くと、前の生徒に聞こえない。それで階段を上がったり下りたり、七十五人の生徒に声を嗄らし、終業のチャイムが鳴ると薬指の指輪がゆるくなっている。時間は短いが消耗する。

それから午後三時五分までの、二時間二十五分が私の至福の昼休みだ。一週間に一度だけ定時に昼食をすませ、ゆっくりする昼休み。後の曜日は自宅で書いているので、昼食も休憩もとくにない。勇んで同僚の先生と町へ出る。先週はいつもの海辺の店でカニ雑炊とアサリの味噌汁の大椀を取った。先々週はウニ丼とフグの味噌汁だった。同僚の先生はホタテ焼きとカニ釜飯。

食事を終えると、唐戸の魚市場に行って、行きつけの店で今夜のヒラメの刺身を切ってもらい、乾物屋で羅臼昆布と鰹節を買い求める。羅臼は天然で鰹節は本枯れだ。それから時間があると、唐戸市場の裏に行って海を見る。

目の前を大きな外国船が行き来する。船というのは美しい生きものである。たとえ船体の錆びたような貨物船でも、その足元は白い波のレースの裾を長々と引きずって行く。さてそうやって何隻も何隻もエレガントな鋼鉄の生きものが通り過ぎるのを見送って、私は腕時計に眼を移す。帰らねばならない。もう。

古墳日和

暮れの二十四日に矢も盾もたまらず、熊本の山鹿にあるチブサン古墳を見に行きたくなった。大晦日まであと一週間というときである。

一年のどん詰まりの時期に、そんな衝動が起こるのは逃避願望にほかならない。年内にやらねばならない仕事があるのに、したくない。する気が起きない。ならば逃げましょう。

遠くへ逃げましょう。

アメリカまでも逃げるカネと暇はないので、ここは遠距離でなく、遠い昔へ行くことにした。山鹿のチブサン古墳は知る人ぞ知る、一五〇〇年前の装飾古墳で、写真で見ると、赤と黒の幾何学模様が今も鮮やかに残っている。

インターネットで調べるとＪＲは通ってなくて、熊本駅からバスで乗り換えて行くことになる。しかも二十六日から年末年始の休館だという。こうなると今日は諦めて、明朝すぐ車の運転の出来る友達を誘って行けばいいが、思い立つと今でなくては一分も待てない性分で、延期という言葉は私の辞書にない。がっくり座り込んだ。


私が思うのに、装飾古墳というのは明日の希望というか、精神の賦活剤になるのだった。ふつう古墳というと埴輪や勾玉などおもに出土品を想像するが、装飾古墳は壁に描かれた色と模様がまた見ものなのである。

もう鮮烈な赤なのだ。考古学の赤という色は硫化水銀や酸化鉄などを主成分にして、何かこう頭を殴られるような激烈な赤である。思惑も遠慮も味も微塵もない、ただもう過激な、赤！なのだ。その赤を基調とした模様が描かれた壁の前に立つと、くらくらっとなる。脳味噌をかきまわされてポイッと突きやられた感じ。そのままよろよろと行って、そのよろよろの間に、この世のかりそめの常識が振り落とされていく。脳のクリーニングである。

装飾古墳に取り憑かれたきっかけは、太宰府の九州国立博物館で見た「王塚古墳」のバーチャル・リアリティーの映像だった。それまで古墳というと高松古墳やキトラ古墳の流麗・練達な壁画しか知らなかったのでショックを受けた。もう異次元アートとしか言いようがない。

ピカソもミロも草間弥生もぶっ飛んでしまう。高松塚のは確かに人間の描く絵だ。すると王塚は何ものが描いたのか。人間だけど異星人のよう。古墳時代の絵というより、いや、何百年後かの絵のようでもある。そうか、大昔は、新しかったのだ。ガーン！と殴られたように感じたとき以来、私は装飾古墳熱に冒された。

山鹿行きをあきらめた翌日、近場の福岡県桂川町の王塚古墳へ、私と同様、遠くへ逃げたい症候群の友人を誘って出かけた。ここも全国屈指の装飾古墳で自宅からＪＲで約一時間の距離だ。近くて、遥かな、異次元旅行の場所である。

風のない穏やかな年末の昼下がり。冬枯れの芝草が小さな前方後円墳の背にそよいでいた。古墳と向かい合わせに「王塚装飾古墳館」があった。こちらも年末休館日の直前で、ひとけはない。本物の古墳の扉が開くのは年二回の春と秋だけで、不断は復元された石室に入って見学する。

友人とこわごわ一歩くぐると、赤に目が染まった。赤い壁石全面に白の水玉模様がちりばめてある。その下の台座は赤、青、黒、白の奇抜な三角模様で埋め尽くされ、階段状の石段ときたら赤地に白と水色の渦巻き模様だった。

「まあ。なんて賑やかな死なんでしょう！」

友人が歓声を上げた。まったく、おもちゃ箱を引っ繰り返したような、黄泉の国の入り口だった。二〇〇七年暮れの不思議なタイムカプセルに、めでたく入り込んだのだ。

どことも知れない地への憧れ

久しぶりに会った友人が、別れしなにちょっと笑いながら言った。

「来週はミステリー・ツアーっていうのに、夫と一緒に行ってきます。二泊三日の小さな旅だけど、夫孝行ってところです」

旅行会社が企画する、目的地を明かさない旅だそうだ。「行き先不明」が旅の目的。「それじゃ行ってきまーす」

と軽く手を振り、友人は街の雑踏に消えて行った。

そういえばいつだったかも、別の友達が同じような旅に出て、少々わくわくしながら高速バスに乗り、着いた所は長崎の雲仙温泉だったという。歴史も古く俗化していない温泉地で風情がある。けれど目的地がわかった時点で、いわゆる普通の湯治の旅となった。

「ただ出発のときのわくわく感はいいわよ」

と雲仙温泉から帰った友達は言っていた。

乗り物に乗って、それが発車する瞬間から、自分の体が少しずつ地図上から消えていくのである。というか地図が白くなっていく。乗り物が進むほどに地図はどんどん真っ白けになって、どことも知れない所をさまよい始める。

「途中の駅や道路標識を見れば、大体どこら辺りを通っているかってことくらいわかるけど、そのうち知らない町や山に入ったりする間に、もうミステリーに身をゆだねてしまうのよ」

夫婦で地図から消えた友人は、今頃どこにいるのだろうか。真っ白けの地図の中でも、小さな夫婦げんかをやっているのか。

地名を消して、地図からふわりと浮き出る。こういうのも自発的な「迷子」の一種ではないかと思う。


もともと私は方向音痴なので、お金を払ってまで「迷子」にならなくても、すぐなれる。地図から姿を消すなんて簡単なことだ。ミステリーは普通の生活の中にもあるのである。

今の団地に引っ越した最初の日もそうだった。手伝いの人もいて、夕方、早くには引っ越し荷物の山も片づき、人々も帰って行った後。私は飲み物のビールを買いに近所の酒屋に出かけて、戻る道で面白い家の表札を見つけたのだ。

『十鳥』と書いてある。苗字である。ジュウトリと読むのだろうか。まさかジットリでも、ジュウチョウでもトトリでもなかろう。ご近所になったよしみで今度、聞いてみよう。

なんて思いながらまた少し歩くと今度は、『寺才元』とあった。ジサイゲン？ それとも苗字がジサイで、元はハジメか何かとでも読むのか。これは難しい。次は『男座』。これはオトコザか？ それともオンザか？

その次は『天神林』だった。これはもう難易度、最上級。まさか、まさかテンジンバヤシではあるまい。もしやテンジンが苗字で、ハヤシは名前か。などと思いつつ歩くうち、黄昏の迫る碁盤目の団地の通りを迷い込んで、歩いても歩いても家の方向がつかめなくなった。二つの市の境界の辺りの団地で、住所表記も複雑でさらにわかりにくい。

季節は春のことで、家々には灯がともり、山の中でも何でもない。町の中で彷徨うことになり、結局、足を棒にして新しい家に帰り着いたのは夜の九時頃だった。待っていた家族が飛び出てきた。当時はまだ携帯電話も持たず、たとえ持っていてもビールを買いに出るくらいでは、私のことだから携帯なんか携行しないに決まっていた。

しかし、あの夕刻の通りすがりに見た家々の珍名奇名に引かれて、一歩一歩、自分が団地の地図の中から抜け落ちていくかんじは、迷いながらもスリリングさに酔いしれて、これは短編小説で書いてやろう、と心につぶやいていたものだ。時は春の宵で、町内地図から彷徨い出るには雰囲気もぴったりだった。

（ちなみに前述の家々の表札はいずれも苗字のみで、正しい読みは、ジュウトリ、ジサイゲン、オンザ、テンジンバヤシ、であった）

「迷子」にまでならなくとも、現実の地図上から自分が抜け落ちるように感じることは、旅に出るとよくある。外国旅行ではとくにその感じが強いのだ。外国語ができない。そして方向音痴である。その二つが一緒になると、旅のあちこちで突然その穴に落ち込んでしまう。

二十年前、政府招待のビジターで初めてアメリカに行った。ワシントンＤＣのスミソニアン博物館の前で、現地の通訳と別れ、地下鉄の駅に行こうとして迷子になった。通訳が別れ際に、右へ行って左に行って真っ直ぐだとか、どうだとか、こうだとか、説明してくれたのだが、来るときに通った道だからそれを引き返せばいいのだ、と聞き流していた。

歩く方向が逆さになると意外に景色は違って見えて、私はどんどん反対方向に行ったようだ。通りすがりの物凄く大きな体をした黒人女性に泣きついて、ジェスチャー混じりに訴えて、駅まで連れて行ってもらった。母親のような気がしたものである。

やっと地下鉄に乗ったけれど、今度は自分のホテルのあるストリートまで一度、乗り換えねばならない。間違って乗っているのではないかと、気が気でない。もう一度、恥を忍んで身振り手振りで尋ねようかとも思ったが、周囲はこわもての男性ばかりである。ワシントンの入り組んだ地面の下で、ふいに足元が割れてどことも知れない空白に落ち込んだ。

こんなとき私の脳裏に浮かんでくるのは、決まって世界地図だった。日本列島から太平洋の大海原を渡って、アメリカ大陸がクローズアップする。そのアメリカの、ワシントンDCの、地面の下の、地下鉄電車の中にいる自分……。何と遠くに来たものか。その世界地図の一点で芥子粒よりなお小さな自分が、消えていく。「迷子」になったとき、こんなふうにマクロ的視野を広げるのはよくない。自分の小ささがしんしんと心に応える。何しろ世界規模の「迷子」である。心細さが一層つのるばかり。

そのときは無事ホテルに帰り着いたが、後に取材で行ったドイツのフランクフルトでも、ルーマニアの街々でも、行く先々でやっぱり私は「迷子」になり、頭の中にまた世界地図を広げては身も細る思いをした。

毎夏、中国福建省の山に野生種のウーロン茶を買いに行く。一週間ほどの旅で、これは愛飲仲間五、六十人のツアーだから、現地で合流すればまず「迷子」の心配はない。仕事を離れて楽しい旅だ。

ただ現地に合流する前に、ときにハラハラドキドキの展開が待ち構えている。東京組と京都組は大挙してそれぞれの飛行場から飛び立つが、私の参加する福岡組は四、五人か、年によっては二人なんてこともある。そんな心細いメンバーのときに、中国本土に着いてから何と台風に見舞われたりするのだった。

福岡空港から上海の浦東空港に入り、国内線の虹橋空港へ移ると今度は厦門へ飛ぶのである。本隊と合流するのは厦門のホテルだった。ところがその虹橋空港の搭乗口で、待っても待っても厦門行きの飛行機が来ないのだ。二時間、三時間。容易ならざる事態である。

怒った客が搭乗口のカウンターに飛び乗って、職員を蹴り飛ばしているのには驚いた。同行の友達がアメリカ人客の一人に聞くと、何でも私たちを乗せるため飛んでくるはずの飛行機が、中国のどこかの空港で台風に遭って足止めを食っているという。それでいつ来るかはわからないらしい。

カウンターの周囲は怒声と怒号の渦である。やがて飲み水と饅頭の弁当が配られた。客たちはそれをもらって、空港を出て行き始めた。冗談じゃない！　夜中の一時だったか。

私たちの戻る場所はない。現地ガイドはもう帰ってしまっている。やむなく電話でガイドを呼び出し、厦門のホテルの本隊にこの事態を伝えてくれるよう頼んだが、ガイドはアルバイトの学生のようで連絡先も何も知らないと言う。

行き場のない客が搭乗口の職員につかみかかる。とめる客。もっとやれ、という客。それも中国語で何が何だかわからない。空では台風が暴れている。天と地の騒動のるつぼの中で、私はまたいつもの世界地図を脳裏に広げてみるのだった。中国大陸の針で刺したような一点に、またも消えかけている自分がいた。

結局そのときは一人の中国人女性に頼み込んで、彼女の携帯で厦門に着いた本隊に連絡をつけてもらい、翌日、何とか合流できた。

毎年そんなアクシデントと道連れで、私は中国へ行くのである。自分の中に「迷子」願望のようなものがあるのだろうと思う。

しかし人生の最後には、じつは私たちにはもっと大きな「迷子」体験の関門が待っているのである。この世の地図から抜け落ちて行くその先は、わからない。これこそ最大イベントの、ミステリー・ツアーであることは間違いないと思うのだが……。

7
地球

天は落ちてくるか？

この頃、小説が書きづらくなった。

私の書くものはおおむね現実味の乏しいものが多いが、書いている最中に、

「こんなことをやっていいのだろうか」

とふと胸が冷えてくることがある。

昔のオンボロ映画館は窓ガラスが破れて、暗幕が風にめくれて外の光が射し込むことがあった。スクリーンでは美空ひばりの『花笠道中』なんていう映画が写っていても、一条の外光がそれを白けさせてしまった。こんな狭い囲いの中で何をしているのだ？

ダイヤモンド社から出ている『地球白書2000―01』によると、世界の人口はこの五十年間に二十五億人から六十一億人に増加した。倍どころではない。人類史の異常事態だ。それがさらに五十年後には八十九億人に達するだろうという。

人口は増大しても、地球の自然システムは拡大されることはない。大気中の二酸化炭素の濃度も上昇している。地球気温も高くなった。それで海面水位も上がる。それによってインド洋ではサンゴ礁の七十パーセントが死滅したと推定された。「海の熱帯雨林」といわれる珊瑚礁の縮小は、海洋生物の繁殖にダメージを与えることになる。

目に見えない所では、地下水位もどんどん落ち込んでいる。ディーゼルや電動ポンプによる農業用地下水の汲み上げである。一トンの穀物の生産には、約一〇〇〇トンの水を必要とする。世界人口六十億人のうち、四億八〇〇〇万人の食糧は、持続不可能な水使用によって生産されている現状だという。

地下水資源の減少が激しいサウジアラビアでは、地下水使用量をこのまま持続すれば、二〇四〇年までに完全に枯渇するというのである。インドでは穀物生産量は二十五パーセントの減少が予想され、中国の場合も穀物の四十パーセントを作る華北平原で、一年に一・六メートルずつ地下水位が低下している。広大な国土を誇る中国も穀物輸入に頼らざるをえない日がくるかもしれない。だがそのとき中国へ輸出することのできる国がどこにあるだろうか。

小泉首相の靖国参拝の是非が新聞テレビで騒がれたが、それどころではないのである。

地球に手の着けられない異変が進んでいる。こんなことを考えると小説を書く気は萎えて、盆休みでどうせ書く気もないのだが、文芸誌をパラパラ繰ると、含羞に満ちた明治文学の検証だとかの特集が目に入る。

人間の唯一の住処である地球が壊れかけているのだから、それどころではない。愛も恋も性も、人間の自由も、解放も、みんな住処あっての話だ。

生物種の宝庫アマゾン川流域の雨は、大部分が森林の発散する水蒸気から生まれるという。この熱帯雨林も三分の一が破壊と劣化にまかせている。原因は自然火災や人間の手による伐採だけでなく、二酸化炭素によるエルニーニョ現象と関連があるらしい。石炭や石油を燃やして、ついでにアマゾンまで燃やしているというわけだ。

また地球の温暖化は成層圏のオゾン層の穴も拡大させている。有害紫外線の脅威が人間を含めたあらゆる生物に迫っている。

天が落ちてくる、と憂えたのは昔の中国の話だが、今は笑い話ではない。本当に天が破れ、地はボロボロになり、海は死にかけて、その惨憺たる地球に人間が増えていく。

今や命運少ない地球という住処で、私はとりあえず自分の居場所のゴミを外へ掃き出して、電灯をともしエアコンをつけて、ご飯を食べながら、靖国問題を報じるテレビを黙念と見る。そして、パソコンに向かうのである。こんな私としては、世界の人口抑止や二酸化炭素の削減に何ができるだろう。

自家用車は捨てても、今年の猛暑エアコンは切れない横着者だ。そしてパソコンを打ちながら、コンピューターの害についても考えてしまう。重さ二十五キログラムのコンピューターを製造すれば、六十三キログラムの廃棄物が出るのである。そのうちの二十二キログラムは毒性を持つ。自分の仕事道具が毒物を生んでいるわけだ。

こうなると自分という人間が生きているだけでも地球を壊していることになる。

自然は理解を超える複雑なシステムだ、と『地球白書』は語っている。自然が与えてくれるものは無料ではないかということ。人間は何かを犠牲にすることなしに自然から何かを得ることはできない、と述べている。そしてこれらの「自然の劣化にはすべてを復元できるリセット・ボタンがない」のである。

文明だの発明だのと言いながら、この一世紀に人間は地球を荒らし回り、足元に火がついた。地球は回復するだろうか。それにはどんな手を打てばいいのか。私にはわからないし、その改善能力もないまま、机の前の自分の仕事と、地球の問題が頭の中に同居する。

異常気温のさなか、自分の持っている小説のテーマを一つずつ、虫干しのように机に広げてみるが、こんな間にも天の穴は拡大の一途をたどっている。天の破れを塞ぎ、病気の地球を快癒しなければ、文学という商売もやっていけなくなる。

このところの政界は地球の存続どころでなく、靖国問題や田中外相の独断言動で忙しい。街を歩けば大勢の人が普通に歩いている。天の綻びに怯える私は小心者だろうか。小説など書く人間には肝の細い者が多いが、そんな物書きゆえに大したことでもない危機感を、針小棒大にとらえているのだろうか。

臆病が取り柄の人間が、そのために本来の仕事もしにくくなる。現実の世界の状況に自分の手間をいかに歩み寄らせるか、その方途を思案しなければならなくなったようだ。杞の国の人は天が落ちなくて良かった。明治の文豪も余念なく書けて幸せだった。だが私は何を書いて行こうか。死ぬときまでは生きるのだから、生きている間は書くのだから、これは重要な課題である。

秋芳洞の闇

山口県のカルスト台地に、日本最大級の秋芳洞という洞窟がある。子供の頃、夏にそこに行って、悪魔の腹への入り口みたいな光景に震え上がった。夕方、入場者がみんな外へ出た後、一人で取り残されたらどんな心地がするかと、後を振り返って見たことがある。おとなになってからも何度となく足を運んだ。恐いものほど気になって、そろそろと近づいて覗き込みたくなるのだ。恐怖は昔と変わらず今も私を締め付ける。なぜ洞窟がそれほど恐いのか⁉

そこは光の届かない真っ暗闇だからである。閉所恐怖症の私にとって、闇の世界は完璧な閉ざされた場所なのである。

今年（二〇〇八年）の夏も地元の大学で創作を教えている生徒たちと、その身の毛もよだつ場所で暗闇体験を味わうゼミ合宿を開くことにした。秋吉台には四五〇個ほどの、大小様々な洞窟がある。つまりその数だけ形の違う闇があるわけだ。

二〇〇六年の冬にも同じ趣旨のゼミ合宿をしたが、そのときは入り口が広くて平坦な初心者向きの洞窟を、秋吉台科学博物館の館長さんに案内して戴《いただ》いた。通路を幾曲がりかして外の光がまったく射さなくなった場所で、ライトを一斉に消して沈黙すると、今までいたはずの生徒たちが消え、闇の底にいるのは自分ただ一人となった。約束の三分間が耐えられずライトをつけたのは、生徒でなく引率の私だった。


秋芳洞の奥には、琴ケ淵という大きな地底湖がある。そこから先の洞内は水没して、さらに進むには水中洞をスキューバーダイビングの技術で潜って行くという。洞窟探検家の櫻井進嗣さんは、洞窟潜水を「空気」と「光」と「重力」のない世界だと著書で述べている。この三つがすべて奪われた環境下で、未知の世界を奥へ奥へと探検して行くのである。

そこは地上から隔絶した所で、深海の底か、宇宙か、いや、深海にも多少の空気はあるし、宇宙も星の光くらいは見えるだろう。水中洞窟を潜るケイブダイビングは、もっとも危険に満ちた探検なのだ。その時のゼミ合宿で入手した、櫻井さんの本『未踏の大洞窟へ』（海鳥社）は、彼が何年もかけて琴ケ淵から奥へ続く水中洞を潜り、第七新洞の大空間を発見する話だ。

その夜、秋吉台の研修所の一室で読み終えて眠れなくなった。水中洞には人がやっと泳ぎながら通り抜ける狭い所がある。そこを潜ると沈殿した細かな泥が舞い上がって視界はゼロ、味噌汁の中を行くような状態になるという。あるいはまた酸素ボンベや照明やロープなどの重装備が、通り抜けるとき引っ掛かって身動き取れなくなることもある。そこで照明の電池の予備や酸素が尽きれば、地下の暗黒世界に永遠に呑み込まれる。

彼はそのような危地を踏破して、秋芳洞最奥部の第七新洞を引き返す途中、いつの間にか別の支洞に迷い込んでいたことに気づくのである。頭上には広大なカルスト台地を載せて、ひしめく闇の地の底にいる。彼は秋吉台の神様に祈った。

「もうこんなばかなことはやめます。二度とこんな所まで来ません。だから今回だけ帰して下さい」。彼はそうして約七時間もさまよい、奇跡的にサポート隊の待つ地点へと帰り着いたのである。

今年の六月半ば。

その櫻井さんが偶然にも我が家の近くの北九州市で、英語塾を持っていることを人づてに聞いた。塾のメールアドレスも知ったのである。訪ねて行けば車で十五分ほどの距離だが、私はあえて行かず、メールを送ることにした。手紙ではないからごく短い文面だった。

「空気・光・重力のない地下世界はどんなものでしょうか。私には、それは冒険であると共に、存在とか認識とかに関わる、哲学的体験であるような気がします」

すると櫻井さんからも簡潔を返事がきた。

「その通りです。創造者、造物主に限りなく近づく精神的体験であり、肉体的に危険である以上に、精神的に非常に危うい世界です」

私は飛び上がって喜んだ。突きつめた対話の出来る人だと感じたので、また質問を書いた。

「洞窟内で闇をどう感じますか。物量のようなものですか、それとも眼に見える世界がなくなるので、世界の欠損ですか、それとも奈落ですか」

「洞窟内の闇は身近なもの、それよりそこに存在する光を意識します。

闇は精神の中にあって、洞窟の闇は簡単に光を持ち込める軽い種類の闇と感じます。洞窟の中で世界は完結しており、欠損もなく、奈落という気持ちも湧きません。酸素のない空間でも、ともかく自分が存在できるわけだから立派な〝空間〟です。光と酸素と重力のない世界で、私は探検家です。人間として存在し、意識は造物主に限りなく近づいています」

「櫻井様。そのとき地上は何ですか」

「楽園です」

私はパソコン画面の文字を見つめた。これはまた見事な返事である。私の怖れる身の毛もよだつ洞窟の闇が、ここでは完全無欠な調和に満ちた、神々しい世界へと変っていた。もうすぐ九月がくる。私は近づいてくるゼミの合宿で、あらたに秋芳洞の闇を見つめ直さねばなるまいと思った。

心臓という王

もうだいぶ以前になるが、叶わぬことに挑んだ体験がある。後で思えば何というか、太平洋の打ち寄せてくる波浪をホウキで掃き返すような、はかない闘いなのだった。

しかし敵は外から襲ってくるものではなくて、人間の体内で勝手に破裂するものだった。文字通り爆弾を抱えて暮らしたのだ。その爆弾を抱えたのは私ではなくて、夫だった。

胸部の大動脈瘤である。心臓から出た大動脈のすぐの所に、直径六センチの瘤が膨らんだ。瘤が反回神経を圧迫して、突然、声がかすれ、食べ物が飲み込みにくくなった。病院に行くと耳鼻咽喉科から内科を経由し、心臓血管外科に連れて行かれて病名が言い渡された。

そのとき交通機関は何を使ってきたかと医師に問われ、自分の車ですと答えると、

「帰りはタクシーか電車にしてください」

と言われた。破裂物だからだ。自宅で破裂するなら仕方ないが、外の道路では他の車を巻き込んだ事故につながる。この日から彼は破裂物であると共に、危険物になった。

大動脈瘤といえば、かつて石原裕次郎が破裂ではなくて解離、つまり血管が裂けて九死に一生を得たことで知られるが、普通は大動脈が破裂するとまず助からない。心臓から出た血液は十秒で体を一周するので、救急車も間に合わないのだ。

生きるためには人工血管と取り替える。人工心肺を用いて心臓を停める、心臓外科で一番難易度の高い手術だ。それで手術を受けても五パーセントは命にかかわる。もっと多い確立で記憶障害、下半身麻痺が起こる。

それでも切るしかない。

いつ切るか、心臓手術を受ける患者は長い行列を作って順番を待っている。その前にカテーテル検査の入院待ちだけでもひと月以上かかる。その間は病人は生きた心地がしない。血圧が上がると瘤が破裂するので、風呂、風邪に注意。咳は禁物。くしゃみ、しゃっくりも用心。転ばない。怒らない。動かない。刺激物や熱いもの冷たいものを食べない。

そのころ知人に食養生の先生を紹介された。

「人間の体は車のタイヤなんかとは違います。再生する力があるんです」

切るか、破裂死するか、二者択一のときにぱらぱらと桜の花びらが舞うような明るい景色が眼前に現れた。私も家族も飛びついた。

「まず細胞を引き締めて、動脈硬化で瘤のできた血管を修復しましょう」

そこで食物の陰陽を習う。陰性は細胞を弛め、陽性は細胞を引き締める。玄米、根菜類、海草を中心に食べる。味噌、醤油、天然塩はよし。砂糖、酢、油、乳製品、肉は不可。

それから噛むこと。一口百回。噛んで口から入った食物を栄養に噛み変える。噛むときの体に伝わる微妙なノックというか、その打つ響きも細胞を整えると教わる。

今があって数秒後の命がわからない。風呂に入るのさえ決心のいるような日々の中で、動脈瘤手術までの九カ月間、希望があったので養生食作りは楽しくもあった。噛めば、助かる。そう思って噛んだ。がんの人たちは治っていく。それならうちの病人もやがて、と願いをかけた。

だが手術まであと一カ月となっても、瘤は白いゴルフボールみたいにはっきりと断層画像に映っていた。闘いはあえなく終了だ。

病人は力尽きて手術台に上った。

さいわい我が家の病人はぶじ生還したが、その後、心臓について書いてある本を読んで、人の心臓ポンプの働きに驚かされた。一日に十万回拍動して、大型の一〇トン車一台分の血液を送り出しているのである。

そしてその圧力は人が静かに休んでいるときでも、エネルギーに換算すれば一分間におとなの体を一〇センチ持ち上げ、重労働をしているときはじつに一メートルも持ち上げるという。簡単に血圧などと口にする、その血液の圧力に畏れ入る。

最近は脳がもてはやされ、心臓が失墜した感があるが、考えてみれば心臓は人体の中心部近く、宝物のごとく埋め込まれている。これに較べると脳は人体の突端というか天辺の、石が落ちてくれば直撃される、わりのあわない場所にあまんじているではないか。

人体の王は拍動する心臓ではないのか。とはいえ私たちは完敗ではなかった、……かもしれない。瘤の直径は初診時より、九カ月後のほうが約五ミリ小さくなっていたのである。

この体験をもとに、病むとは何か、体と、心の奇妙を含めて、かねてより構想をあたためていたものを、小説にした。

神様の草食恐竜

北九州市の自然史博物館は、我が家から車で二十分くらいの所にある。

ＪＲ「スペースワールド駅」で降りると、右手に博物館の建物があり、左手は宇宙をテーマにした大型レジャー施設のジェットコースターや、風車みたいなゴンドラがそびえ立っている。しかし私の興味はかつてこの地球の中生代に棲息した恐竜にあるので、宇宙のテーマパークはいそいそと通り過ぎて行く。

博物館の中に入るや、何回きてもやはり、ああ……、と思わず私は立ち尽くして見上げてしまう。奥行き百メートルのホールに恐竜たちの骨格模型の行列がズラリとこちらを向いて出迎えている。地球四十億年の生命の大行進というか、パレードなのである。

背中に板切れを並べたようなステゴザウルスや、兜をかぶったような大頭のトリケラトプス、肉食恐竜最大最強のティラノサウルス。そんな骨の林の中でもひときわ長大な首を高く上げているのは、体長三十五メートルのセイスモサウルスだ。

何でも大きいものを手放しに賛嘆するのは良くないが、この恐竜に関してだけはどれだけ褒めても憚ることはない。頭部が小さいのでたぶん智恵はない。そのうえ草食、とくればば人畜無害を形にしたような生き物だ。

さてこのホールの横の脇道の通路が一本通っている。暗いトンネルを進んで行くと、曲がりくねった奥のほうから何だか身の毛のよだつ吠え声が流れてくる。とてつもなく大きな喉から絞り出されるような響きだ。白亜紀ゾーンのジオラマ館なのである。

ここには北九州に棲息したといわれる大型草食恐竜のマメンチサウルスが、実物もかくやという機械仕掛けの姿で待ち構えている。ジオラマの大草原には翼竜が飛び、かなたの火山は噴火し続けている。雷に鳴動する天地。マメンチサウルスの吠え声。私はこれを見に今年はもう六回も通って行った。友人たちを連れて行くとみな感動する。装置・仕掛けに臨場感がある。何よりよくできているのは主役のマメンチサウルスの張りぼてだ。巨大な煙突を横倒ししたような首がヌッと出て、観客の前にちょうど頭がくる。セイスモサウルスと同じように、これも脳味噌が少なそうな小さな頭である。

胴体は固定されて首と顔の表情が動くだけだが、何ともいえずリアルなのだ。見上げているとどういうわけか神を仰いでいるような遥々とした気持ちになってくる。この振り仰ぐ角度、高さがいいのである。昔だれだったか男性の作家が書いていた。自分の子供に「神様は天からいつも見ているんだよ」と言ってきかせたら、「ふうん、そうか。神様ってキリンのことだったのか。だってパパ、キリンは背は高いものね」と言ったというが、いやいや、坊や、神様ってマメンチサウルスのことなのだよ、と教えてやりたい。

ジオラマ館の神の演技はなかなか細かくて、目はゆっくりまばたきし、灰色の舌を見せてトロンボーンのような遥かな吠え声を響き渡らせる。五分間動くと三分間の休憩になるが、ジオラマの雷が消えて映像が止まっても、マメンチサウルスの神は場内を見渡したり、舌を出して見せたりサービスを怠らない。

勤めている大学のゼミも連れて行った。友達、遠来の客、親せきなども案内した。それでもしばらく行かないと、なぜかまたあの首の長い、脳味噌の少ない神に会いたくなる。

こないだ親しい女友達の夫が寝たきりの末に亡くなった。八年間自宅介護して、深夜二時にその日最後の尿を取り寝返りを打たせて「おやすみなさい」と声をかけるのが彼女の日課だった。葬式のあいさつで彼女は夫の亡骸に、「お父さん、おやすみなさい。もう、寝てね」と言った。私たちはみんな泣いた。

斎場から火葬場に向かう霊柩車を見送った後、私は連れの友人と駅へ行って電車に乗ったが、帰路につく気がしない。「恐竜見に行こうか」と言うと、彼女も同意した。それで泣きはらした顔の喪服の女が二人、スペースワールド駅で途中下車して自然史博物館に入ったのだった。

私はジオラマ館でマメンチサウルスの首を見上げながら、この生き物の体重の三百分の一か四百分の一に満たない人間が、今、火葬場の炉で灰になろうとしている光景を目に描いた。ここでは生も死も遠い絵画のように感じられた。

ユーリィのこと

だんだん日差しが強くなってきた。夕方、犬のユーリィと散歩に出ると、日よけのサンバイザーをかぶった女性とよくすれ違う。顔前部が隠れるような大きな庇を下ろして、すたすたと歩いてくる姿を見ると、ユーリィはギョッとなる。腰を抜かさんばかりに驚くのだ。

顔がない！

たしかに人間の私が見ても、庇を深く下ろしたサンバイザーの人間は、潜水服の頭部をかぶったような奇妙な雰囲気。不気味である。ユーリィは彼女が通り過ぎた後も、怯えていつまでも振り返っている。

犬は知能が高いので、人間のように怖がる。その怖がるわけも、人間が見て納得いくのである。

面白いのはこの季節、風にカーテンがふわりと揺れる。ユーリィはドキッと顔を上げる。風は見えない。ひとりでに動くカーテンは恐怖の対象だ。それから散歩のとき、蝶がひらりと背中をかすめて飛んでいく。前を向いたユーリィにはその蝶の姿は見えなくて、ただ背中の毛を一瞬スッとなでられる。総毛立ってユーリィは飛び上がる。

図体はでかいのに怖がりなのがおかしい。メス犬なのでよけいそうなのだろうか。前に飼っていたシベリアンハスキーのルビィも、やはりメスで、この子もじつにいろんなものを怖がった。

ある日、ルビィがしつこく吠えているので庭に出ると、石塀の上から黒い物が垂れ下がっていた。近寄るとビニールの合羽だった。その袖が風に揺らされて、「こっちへこい、こっちへこい」と手招きしているように、見えていたのである。

塀の外は道路工事中で、合羽は工事の人が引っ掛けていたものだ。犬が怖がっているからとわけを話し、やっと塀から下ろしてもらった。

怖がりルビィで忘れられないのは、夜明けの蜘蛛の巣事件だった。夜中の雨があがった朝まだき、庭でルビィの異様な鳴き声がした。ふだんハスキーはめったに鳴いたりしないのだ。

眠りを破られて庭に下りて行くと、銀色に光る妖しい人影が植え込みの間にぼうっと浮かび上がっている。私もあやうく叫ぶところだった。だが待てよしばし。よく見ると、それは雨粒をびっしりつけて光る蜘蛛の巣だった。光のレースの糸が植え込みの間に架かっていたのである。

庭ボウキを持ってきて、私はその美しい幽霊をやっつけた。ルビィはがたがた震えてそれを見ていた。

怖がりのルビィが逝ってしまって、もう八年余になる。あんなに臆病だったのに、独りで旅立って可愛想に、と人間の子のように思うことがある。

犬は人間に似ているから。

知り合いの女性がコーギーを飼い始めた。コーギーといえば、ターシャ・テューダーの庭にいる、あの肥えて足の短い犬たちを思い出す。アメリカはバーモント州の広大な山奥の土地に、花園を作っている九十歳過ぎのおばあさん。彼女と共に暮らす目のクリクリした犬だ。

コーギーにはただもう愛くるしい印象を持っていたが、聞いてみるととんでもない。もとはカウボーイならぬ、牛の見張り番のカウ・ドッグとして作られた犬だとか。大きな牛をこわがりもせず、列を乱す牛の足首にガブッと噛みついて、蹴飛ばされても動じない。顔に似合わない犬だという。

知り合いの女性は、最初のうち、がぶがぶ噛みつかれて、大変だったらしい。子犬のうちからこうでは大変と、調教師さんにきてもらって、犬も人間も特訓を受けた。

そういえば我が家のユーリィの、散歩の天敵もコーギーだった。勇猛果敢。大きなラブラドールの塀の向こうで体当たりをくり返す。このごろはさすがに双方ともだいぶ利口になって落ち着いた。

ところでラブラドールは本来、水鳥を回収・運搬する鳥猟犬だという。それで四本の足には水かきがついている。指のまたの薄皮がびろーんと伸びる。そしてシャンプーのとき水をかけられると、喜びのあまり声も出ない。

「もっと水かけて！」とぶるぶるぶると恍惚に打ち震える。普通は犬でも猫でも、毛が水に濡れるのを嫌うものなのだ。

犬は人間の手で用途によって作られた。それはまぎれもないことだ。ラブラドール・レトリーバーの、レトリーバーとは「持ち帰る」の意味だそうだ。その通り、子犬のころのユーリィは何でも投げると、とんで行って、くわえて持ってきた。投げればとんで行く。持ち帰る。倒れる寸前まで繰り返し、私たち家族を呆れさせた。

面白いことに、シベリアン・ハスキーのルビィは、ボールを投げても取ってこなかった。ただの一度も持ち帰ったことがない。ソリ犬は前へ走ることが使命の犬だ。ボールなど追って行って、持ち帰ってきたら、ソリは転覆してしまう。

ハスキーは〝呼び〟がきかないので知能が低い、と世間で言われたことがある。つまり後戻り、バックをしないのである。呼んでもこない。ボールも取ってこない。それがソリ犬を出自とするシベリアン・ハスキーの本分だった。

今日もユーリィと散歩に出ると、あっちこっちにも自分のＤＮＡを背負った犬たちが歩いて行く。自分の道を歩いて行くのである。

8 この世ランドの眺め

姥捨て

私が『蕨野行』という姥捨ての小説を出したのは、平成六年（一九九四）の春だった。その間に民芸の舞台や映画にもなり、指を繰ってみると何と書いてから十六年も経っている。自分でも驚いた。二〇一〇年六十五歳になったので、逆算すると四十九歳で姥捨ての話を書いたのだった。何とまあ、老けた四十九歳だったのだろうと思う。

小説の主人公は、私の場合はほとんど作者イコールの心境だ。それで来る日も来る日もレン婆さんになりきって、死ぬ日までどうして生きよう、と考えながら書いた。そしてようやく蕨野の務めを終えて死ぬことができた。

小説を書き終わると、張り詰めていた心がくたっとなった。翌年の春、八百屋の店頭にワラビやツクシなどの山菜が出たとき、

死後一年……。

と思った。そして次の年の春にはまた、

死後二年……。

と夢みたいに思ったものだ。草葉の陰から世の中を見ているような妙な気がした。そうやって死後三年、四年、五年、とぼんやり数えているうち、いつの間にか忘れていた。そうして十六年も経っていたのである。今年（二〇一〇年）は芝居でレン婆さんを演じた北林谷栄さんも亡くなった。『蕨野行』の舞台用脚本に添えた手紙に、

――これが北林谷栄八十六歳のワラビ野です。AHA　AHA　AHA　AHA！

と書いた過激な老女優も逝ってしまった。

今年は民俗学者・柳田國男が『遠野物語』を著して百年になる。この本は岩手県遠野の山深い地方に伝わる昔話を採集したものだ。生きるに厳しい土地には、平地で安穏と暮らす者には想像のできない話がある。私はこの中の百十一話に出てくる蓮台野《れんだいの》という姥捨ての丘の記述から、『蕨野行』の発想を得たのだった。

『遠野物語』の刊行は一九一〇年（明治四十三）で、今年は二〇一〇年だから、まさに百周年である。記念の講演やイベントが地元では開催されている。

昔は六十を超えたる老人はすべてこの蓮台野へ追い遣るの習いありき。老人はいたずら

に死んで了《しま》うこともならぬ故に、日中は里へ下り農作して口を糊したり。そのために今も山口土淵《つちぶち》辺《べ》にては朝に野らに出づるをハカダチといい、夕方野らより帰ることをハカアガリというといえり。

『遠野物語』の中の、姥捨ての記述はたったこれだけだった。老人たちは朝になると元の村へ野良仕事の手伝いに行く。ハカダチというのは墓を発つというほどの意味だろうか。夕方に帰ってくるハカアガリは、墓に戻るということか。死者が朝には生き返って仕事に出かけて行き、夕方にはまた死ぬために戻ってくる。何とも不思議な興奮を覚えて小説にしたのだった。

二〇一〇年五月末、百周年記念の講演会を聞きに、知人が岩手へ行ってきた。山間には『遠野物語』の面影を残す風物がまだあった。

知人はその旅でたまたま熊本から参加した人に、九州山地の奥にも姥捨て伝承があるという話を聞かされた。全国に姥捨ての話は残っているが、私はまさか暖かい九州にそんなことはなかろうと勝手に思い込んでいたものだ。しかし九州といえど標高の高い山は寒冷地で、作物が穫れないことに変わりはない。

日本の姥捨て伝説のほとんどは、作られたものだという説がある。しかしそれでも地下のどこかで水道管が漏れ続けるように、あっちからもこっちからも、ひそひそと姥捨て話が私の耳に流れ込んでくる。それは果たして本当にあったものか、昔の人々の暮らしの真実を、今は問うてみることもできない。

五月末の遠野はただもう桃や桜の花盛りだったという。

七月の海辺で

宇宙飛行士は一人っ子が多いんだとか。

本当かどうかわからないが。もうひと昔も前に何かの雑誌で読んだ記憶がある。なぜそうなのかというと、兄弟と育った人間より、一人っ子のほうが孤独に耐えられるからだろうと書いてあった。

宇宙空間の孤独というと、想像を絶する。あそこはもう窓の外の空間が違うのだ。眺めが違う。空気がなくて真っ暗でときどき隕石などが衝突する異空間だ。うまく行けても、きっと帰ってこれるという保証のない世界。

孤独にもランクというか、難易度というか、いろいろ種類があるものだ。

そろそろ義父の命日がやってくる、と七月のカレンダーをめくりながら思う。死後五年だ。早いものである。私の父と母は死後二年。三人とも死ぬまでいろいろと大変だったのに、死んでみれば、早いものだ。

静かな磯を歩くと、潮の引いた砂地に小さな穴がぷつぷつ開いている。さっきまでそこから頭を出していたカニやアサリ、潮吹きなどが、きれいに姿を消している。穴の上には潮風が吹き渡って行くだけだ。

こうやって人間は、いつの間にか一人になっていくんだなと思う。まず祖父が消え、祖母が消え、父が消え、母が消えた。姉同然に遊んでいた従姉妹が消え、叔父叔母、伯父伯母たちが消え、友達が消えていった。それはもう明け方の夢のようである。

ではそれで淋しくなったかというと、じつはそれほどでもない。自身の周囲にいる親しい人々というのは、はじめから定数ではなかった。そのうちやがてぽつぽつと、磯辺の穴

も増えて新しいカニやアサリの仲間が頭を出してくる。減ったり増えたりは世の常だ。そうやって人生は続いていく。

結婚してすぐ娘が生まれた。望む暇もないくらい早く生まれたので、やがて、仕方なく、もう一人また生まねばならないと思うようになった。夕方、小さい娘の手を引っ張って家に連れて帰るとき、娘が泣くのである。

ナニちゃんもナニ君もミンナおうちにお兄ちゃんやお姉ちゃんがいるのに、どうちてアタチには誰もいないの。さみしい。さみしい。

それで私も考えた。まだ二十五、六歳の母だったが、自分たち夫婦の遠い死について考えた。そんならさびしくないように、もう一人きょうだいを作ってやるしかない。そうして次の娘が生まれた。どちらも気の強い女の子で結局、姉妹喧嘩に明け暮れた。成長すると娘たちは北へ南へと飛び去って、めったに連絡もし合わないようだ。何だ、それじゃわざわざ産んでやることはなかった。

夕方の散歩ラッシュに家の犬を引いて出ると、団地の道のあちこちから犬の友達が現れて、ヤァ、ヤァ、と尻尾を振り合って通り過ぎる。犬の一生は短いので、ヤアと言ってそれっきり二度と会わないのもいる。それでも犬たちは淡々としている。生まれて二、三カ月で母犬やきょうだい犬と別れて、それ以来の独りぼっち。あとの幸不幸は飼い主にまかせている。

どこの新聞だったか、宗教学者の山折哲雄氏が、ヨーロッパの近代主義が「個性」という概念を生んだが、日本はその言葉をうまく翻訳することができなかったというようなことを語っていた。そして「個性」に照応する大和言葉は、「一人《いちにん》」である。その一人という自覚こそスタートラインなのだと言っていた。

宵の口に寝酒を飲んでいると、一人暮らしの女友達から電話がかかる。夫が死んだ友達。もとから結婚しなかった友達。夫はいるが子供のいない友達。夫も子供もいるが、電話してくる友達。磯辺の小さい穴は夜中に交信が活発になる。一人同士の賑わいだ。

朝、明るくなった磯辺にまるい石がゴロンと転がって、一人で陽を浴びている。私も砂の穴から頭を出す。人生後半ここまできた。どれ、今日もご飯でも炊いて食べるとするか。

出てこい、文章！

やってしまった。消してしまった。

二度と戻らないあの原稿。

書きかけのたった四百字詰五枚ほどの文章だけど、離陸するときの飛行機が大変なのと同じで、時間と労力がかかっているのだ。ご丁寧にバックアップファイルのぶんまで、消去してしまった。早く気を取り直して、思い出しながら打ち直せばいいのに、がっくりと脱力状態のままだ。消えた文章は再生しないのか。

昔、ワープロを買い換えたとき、古いワープロを知人に譲る前、遊び半分にいじっていたら、何と数年前に消したはずの文書が息を吹き返してきた。以前に書いた『硫黄谷心中』という小説がぶわーっと電気の画面に浮かび上がって、あれは気持ち悪かった。何だか前世の罪業が魂に刻まれて残っていたみたいである。

以来、ワープロの文書というものは、きっとどこか機械の奥の谷間なんかに引っかかって、絶対消えないと思い込んでいた。

ところが消えるのだった。

パソコンレスキューに助けを頼むと、

「消えた文書を元に戻すソフトはあるんですけどね、でも期待しないでくださいよ。それを使っても戻らないこともあるんですから」

夜中の電話口で私は暗然とした。

「とにかく明日伺って、やってみましょう」

何だ、パソコンの記憶とはその程度のものか。そんなことでいいのか。電気仕掛けの機械だっていうのに。開発、開発とかでお金かけて、次々と新機種出しているのにさ。役立たず。

といって、パソコンに人間の脳の記憶力の凄さをひけらかすわけではないが、フロイトやベルグソンの本を読むと、私たちが夜ごとに見る夢の材料は、すべて過去の体験から生じているという。

フロイトのあげた例では、デルベーフという哲学者がある夜の夢の中で、一匹のトカゲに「アスプレニムウス・ルタ・ムラリス」という長たらしい名前の羊歯を食べさせていた

というのである。しかし彼はそんな植物の名前はまるで知らなかった。

そこで調べてみると、本当にその名前の羊歯はあったのだ。ただし「アスプレニムウス・ルタ・ムラリス」ではなくて、なぜか語尾が「ムラリア」だった。その一字違いの真相が明らかになるのは、じつに十六年後のことである。

彼は友人の家を訪ねて、そこで偶然にも古いアルバムを見せてもらうことになる。その中の一頁に羊歯の葉が挟まれて、彼自身の筆跡で「アスプレニウムス・ルタ・ムラリス」という名が書かれていたのだ。そこでやっと彼は、昔、この羊歯の名前を知人の植物学者に尋ねて、ここに書き記してやったことを思い出した。そのときの聞き間違いだったのだ。

「夢そのものは過去の再生にすぎない」

とベルグソンも言う。ただそれらの夢の材料の多くは記憶の深い谷間に落ちて、ふだんは出てこない。眠っている間の無意識裡に、ようやく深みから浮かび上がってくるのだろう。

崩れた記憶の断片を寄せ集めて、一見まるで辻褄の合わないおかしな夢が出来上がる。

「夢は何も創造しない」

……のだそうである。すると私が夜毎に見る沢山のおかしな夢の数々は、どんな記憶を混ぜ合わせて作られているのだろう。ちなみに年を取るとあまり夢を見なくなるというのは、記憶の復元力に問題があるからかもしれない。

復元、再生といえば、人間の体は（生物はみんな）日々入れ替わり更新され続けている。臓器から骨、髪の毛から目玉の芯まで、そっくり新しくなるのだ。今日の私と昨日の私は、厳密にいうとすでに違っている。一年も経ったら別人だ。

それでも容貌からホクロの位置まで、変わらない。DNAの記憶装置が働いているからだ。それで町を行く人のすべてが、あれは自分の体を刻々と復元しながら歩いていることになる。ああ、何て素晴らしい人体。

明日、私の文章は戻ってくるか。

電源を入れると動くのに、「記憶がありません」とは、そりゃあんまりだ！

犬はニンゲン

秋もたけなわになり旅に出ようと思うと、一番に気にかかるのは仕事の調整より、飼い犬のことである。犬は人間がオオカミから改良して作ったので、飼い主に従属して生きるものだ。飼い主なしには精神的にも物質的にも、幸福な犬の一生は得られない。

犬がいかに飼い主に依存しているかは、ちょっとごろ寝をしてみるとわかる。犬はたちどころに気がついて浮き浮きとそばにやってきて、これでやっと主人を独占できるとばかり主人の尻に顔を押し当て、くっついて寝てしまう。

別役実が『けものづくし』で、犬ほど姿形、大きさの違う動物はないと言っている。犬種はブルドッグとシェパードの違い。セントバーナードと狆《ちん》では、何も知らない幼児が見たら同じ種類の動物だと思うだろうか。

いや、いや、幼児はそのどちらを見ても、犬であることを認識できるのである。あれは「ワンワン」だと答えるものだ。道端を歩いている猫たちも、彼らを見ると本能的に犬と感じて、恐怖に身をすくませる。

たぶん犬は犬の特性を持っているゆえに犬なのではなくて、その他の多くの動物と何となく違うゆえに、胡散臭さのゆえに、「犬」だと見分けられるのだろうと、別役実も言っている。


同じペットなのに猫はとくに散歩はしない。犬は飼い主が連れて出る限り上機嫌でぽかぽかと散歩する。しかも飽きもせず毎日、朝夕、同じ道を散歩することを苦にしない。飼い主のほうが飽きて道を変えようとすると、嫌がって引きずられながら抵抗する。日課を守り規則を愛する犬たちは、野良となっても夜更けの無人の交差点で、信号が青に変わるまでじっと待っているものもある。

横になればそばにきて一緒に眠り、外出するときは「置いて行くな」と涙をためる犬の飼い主の幸福から較べると、猫の飼い主は哀れを誘う。呼んでも寄ってこないものにエサを与え、メスはまだしも、オスは発情期がくると家出して二度と帰ってこないものもいる。

夜更けに飼い主一家が総出で懐中電灯を手に手に、公園や空き地、川の橋の下の暗がりなどを名前を呼びながら歩いている姿は、野生動物を飼った人間の悲しさをにじませている。

友人の家では、ある大雨の日に戸をカリカリさせるものがいるので開けてみると、数年前に家出したオス猫の「モンジロウ」だった。家族は喜んだが、猫はご飯を食べてしばらく雨宿りをすると、また雨の中を出て行ってそれっきりという。野牛の孤独が背中にある。

そこへいくと以前に飼っていたシベリアンハスキーのメスは、義弟の家で生まれたのをもらったのだが、十歳で死ぬ半月ほど前に、その義弟の家に遊びに行くと、珍しく帰りたがらなくて三日も泊まったのである。そして赤ん坊のとき寝ていた場所のにおいをかいでいたという。

ルビィが死んだ正月の五日には、その義弟夫婦もきて、わが家の成人した娘たちも帰省していて、みんなとおせち料理を食べたものだ。そして夜半、みんな「さよなら、さよなら」と帰った後、脳出血でぱたんと倒れて永の旅立ちとなったのだった。

東京に帰った長女に電話で知らせると、「もうわかってた」と言う。実家を出るとき、

「今度は盆に帰るから、元気にしといで」

と頭をなでると、

「でもアタシはもうだめよ。これでお別れ」

とルビィが答えたというのだった。

「声に出して言ったの？」

「私にはそう聞こえた。でも声だったかどうかはわからない……」

犬は動物であるが、毛が生えて尻尾はあるが、サルやライオンとは違う。信号を守って、一生定刻に散歩して、隙あらば主人の布団に潜り込むことを無上の喜びとして生きて、死ぬときは飼い主に挨拶をする、……そういうものが一匹わが家にいて、帰りを待っている。

子供の頃から好きだった「旅行の友」という名の、ふりかけがある。犬は「旅行の敵」である。

遠くへ行きたい

日本は広い。狭いけれど、広い。土地というのはスペースのことなんだから、広がりのあるものなんだから、そこには一定の広さがあって、いろんなものが詰まっている。町、村、山、川、野。そんなものがあって土地をなしている。

日本地図を頭に浮かべると、それに伴って思い出されるのは、私の祖父の姿だった。この人は表具師であったけど仕事より、ふすまや屏風に墨絵を描いて遊んでいるほうが多かった。気はやさしくて、痩せて、力もない。

若い頃は夫婦で筑豊の炭鉱に入っていたが、途中でメジロ捕りに行ってしまい、夕方、山を下りると町は炭鉱の落盤で大騒動。祖母は地下何百メートルの底に生き埋めになっていた。幸い祖母は助かったが、そのように一家の柱としてはあてにならない人物だった。

その祖父がよく言っていた。

「きよちゃん。手ぬぐい一本と石けん箱があったら、日本中歩いて行けるよ」

服も靴も何もいらない。ちょっとそこの風呂屋まで、という格好なら人に不審がられることはないからだというのである。

いかにも働いて稼ぐことの苦手な男の思いつきそうなことだった。子供のころは、なるほどと感心したが、今考えると、日本の銭湯が当時いくら普及していたといっても、町に限ったことだろう。村のお地蔵さんのそばや、田んぼのあぜ道のかたわらなんかに銭湯はないのである。

夕暮れの淋しい野道、山道、谷川の吊り橋などを、頭に手ぬぐいをのせて、石けん箱を

ぶら下げた浴衣姿の祖父が行く。どこにも風呂屋の煙突なんか見えはしない。

ああ、お祖父さん、あなたはそんなだから一生貧乏だったのだ。一家を巻き添えにして。


日本は広い、という話に戻る。

谷川健一の新刊『列島縦断　地名逍遥』という本は、北は北海道の知床から、南は珊瑚礁の奄美・沖縄まで、日本の地名の由来、来歴を尋ね歩いたものだ。遙々として、祖父の手ぬぐいと石けん箱より、手堅い世界の話である。

「地名は大地の表面に描かれたあぶり出しの暗号である」

という。どんな暗号が隠れているのか。沖縄の「青の島」は死者を葬る所だった。また、対馬には「青海」という所があり、昔この浜辺に捨て墓を作り、死者の骨は波と共に海へ流した。このように「青」という地名は、しばしば墳墓の地に付けられたそうである。

面白いのはその「青」の、あお、という音が、おお、に変化して「大」の字にもなった。それで「大村古墳」なども「青」の変化形らしいという。「青」や「大」の地名には墓の暗号が隠れている。

また地名は大地に刻まれた百科事典で、歴史、地理、地質など学問的な事柄が含まれているともいうのだ。たとえば昔から「竜」の字が付く土地は、山津波などの災害を起こしやすい危険地域だった。鉄砲水、大水害の記録が残る鹿児島市の「竜ケ水」。暴れ川で有名な「天竜川」。崩れ川と呼ばれた福井の「九頭竜川」など、地名は危険を発信する。

私の故郷、北九州には、「妙見」や「鷹ノ巣」という町がある。そこは八幡製鉄所のある土地だった。「妙見」は鉱山、「鷹ノ巣」は鍛冶に関係の深い地名らしい。なるほど近くには筑豊炭田があり、そして製鉄所は大きな鍛冶場である。ただ八幡製鉄所は近年のもので創業百年余だ。「鷹ノ巣」の地名はその後に生まれたものだろうか。

手ぬぐい一本と石けん箱の人に育てられたせいか、私も胸の内に見知らぬ山河への憧れを抱えている。結婚したての頃、生命保険に入ろうとする夫に、「あなたが死んだら、乞食になって日本各地を放浪するから、いらないわ」と言ったら、えらく怒られた。女房を乞食にするなら、こんな苦労はしないと言う。それで私の日本放浪記もしぼんでしまった。

遠すぎる旅路

昭和二十三年（一九四八）九月十一日、私の舅、村田正二はカスピ海のほとりにあるクラスノボトスク収容所を発って、日本へ帰還の途に着いた。

終戦を知らない世代が大方になったので付加すると、太平洋戦争が終わったのは昭和二十年八月である。それからまる二年、舅は捕虜となりシベリア収容所から中央アジアを南下して、周りをタジキスタン、イラン、アフガニスタンなどに囲まれたトルクメニスタンで苦役に当たっていたのである。

その国が実際にどういう所なのか私は知らない。国土の八割以上がカラクム砂漠の砂に埋もれている。舅のいた所は野菜がまったく出来ず、一カ月に一度、汽車で輸送されてくるトマトの缶詰を与えられた。

世界地図を見れば、そこはもう長いシルクロードの西の起点に近い。九月にクラスノボトスクを出て、十月八日にナホトカに着き、十五日に帰国船に乗り十八日、舞鶴港に上陸する。そこから妻子の待つ大分県安心院の田舎に帰り着いたのが二十五日だった。

破れた兵隊服に髭だらけの舅が、よろよろと縁先に歩み寄ってきた姿は、姑によると、

「毛だらけの熊そっくりで、とても人間とは見えんやった」

……そうである。しかも骨と皮のやつれきった熊だった。


私は外国語が苦手なくせに、遠い国への憧れが強い。それはニューヨークとかパリとかそういう異国の華やかな場所ではなくて、日本とはまったく景色の違う異郷への興味だ。アメリカ西部の乾燥地帯に広がる渓谷群。砂に埋もれたシルクロード。ヨーロッパの黒い森。それからまた人間で溢れかえるアジアの街角。

旅に発つ前に世界地図を眺めて、自分が明日はその地に降り立つことが夢のようである。たいてい旅行の前は仕事の区切りをつけるため、支度もそこそこで不眠のまま、あわてふためいて飛行機に乗り込む。そして目的地に着いても、夢は現実となって眼の前に広がっているので、ただ精力的に予定を消化していくだけだ。

そうやって帰国して、再度また世界地図を見直したときの奇妙な気分をどう言えばいいだろう。先月はフランスのゴシック教会を四つ五つ見てきたが、その空路を地図でたどれば、凍てついたツンドラの上を飛び、ウクライナかどこかの荒涼たる山岳地帯を越えて行

く。

帰り着いて思うのは、よくもあんなに遠い所まで、行って帰ってきたという驚きである。飛行機が乗せて行く、ツアーが連れて行くということも言えるが、しかし私はやっぱり驚くのだ。世界地図を半分飛び越えて行って、また帰ってくる不思議をどう言えばいいか。その現代の長すぎる遠すぎる旅路を思うとき、人を遠くへ行って帰らせる原動力は、人間の意志というものではないかと気づいた。言葉もできず、地理もわからなくても、とにかく本人に行きたい、帰りたいという気持ちがあること。それがなければどうしようもない。

敗残の兵といっても故国へ連れて帰る組織があったといえばそれまでだが、気楽な現代のツアー旅ではない。はぐれもするし、病気にもなる。映画『ビルマの竪琴』の水島上等兵は、日本へ帰る意志を持たなかったから、現地に残り、ついに帰れなかった。

どこへ行っても私は「帰る」という意志を強く持つ。帰るためには今どうすればいいか。私は今度、フランスで初めてパスポートをすられた。アラブ系の少年少女のスリ集団が、列車に乗り込んでいた。財布はぶじだがパスポートがなければ帰国できない。翌日は土曜で、すべての手配は当日夕方までに終える必要があった。

言葉ができないので友人に置いて帰られてはたまらない。原稿の締切もある。猛然と奮い立ち、ＪＡＬのパリ支店へ走り、警察へ走り、日本大使館へ走り、すべての書類を整えて、また閉館まぎわの大使館へ滑り込み、やっと帰国専用のパスポートを入手した。

あの半日の騒動の間、私の頭に旗印みたいに光っていたのは「帰る」の二文字だった。

居心地の良い場所

子供の頃から、妙な場所が好きだった。

何というか、ゆっくりと腰を落ち着けて座っていられないような場所に惹かれる。その一つが斜面だ。斜めに傾いているので、立つことも座ることもできず、ずるずると滑り落ちていくしかない。

そんな斜面のいちばん凄いのが、富士山のあの長い長い稜線である。住まいの近くで見られるのは筑豊のボタ山のシルエットだが、これはもう年月が経って木が生えて、もとの美しい三角形はない。

斜面の最も小さいのは児童公園の滑り台だ。夕方いつまでもそこで滑っていたかった。何なら滑り台を家にしたいくらいだった。つまり私は、本来は居場所でないような所に、危うく引っかかっていいたい願望を持つ人間なのである。

それで昔、映画館に行った夜などは、夢に松竹映画の字幕に出て来る富士山の大写真が現れたものだ。白銀に光る富士山の斜面に、木の風呂桶が置いてあって、落ちもせず不思議に引っかかっていて、

「ああ、見晴らしがいいねえ」

と、お湯の中で頭に手拭いを載せた祖父が言うのである。私は弟と桶のお湯の中から下界を眺め、自分たち家族は何と凄い所にいるのだろうと、誇らしい気持ちになるのだった。まだある。

長い間、私は大分の久住高原によく通ったが、それは硫黄山を見るためだった。高原の真っ平らな道を車で進んで行くと、彼方にむらむらと山肌から白煙が上がっている。硫黄山は亜硫酸ガスの発生する所があって、立ち入り禁止のロープがかかっている。

私はそのロープの前に立って、もうもうたる硫黄の煙まみれの地獄の光景を長い時間、眺めた。二度ほど許可をもらって奥へ入ったことがあるが、硫黄の噴き出る谷が続くだけ

である。そこは地獄の入り口で、人間の居場所はない。私は岩場に腰掛けて弁当を食べた。できれば二、三日そこで暮らしてみたかった。

今はさすがにこの年齢になって、妙な場所への憧れは治まったが、最近、久しぶりにまたドキドキする場所を見つけた。

通っている歯科医院の治療用椅子から、窓の外が見える。空と向かいのお寺のダイナミックに反り返った、大屋根が見える。瓦の波がざあーっと斜面を駆け下り、中途から優美に反り返っている。時代劇で石川五右衛門や鼠小僧次郎吉が大立ち回りするのは、こういう屋根だろうな。

陽がさんさんと当たり、布団を敷いて寝たらいい気持ちだろうと思ったが、屋根にいるのは数羽の鳥だけで、ひっそり静まっている。

以来、日本建築の屋根の空間に魅せられて、ひと渡り写真なども集めて堪能すると、今度はその勢いでヨーロッパの屋根も見たくなった。日本の寺社の屋根が空に広がった大スペースなら、ヨーロッパのゴシック建築の大聖堂は、天に突き刺した串のような屋根である。

あの針の先みたいな屋根には、どんなささいなスペースもないのだろうか。

それで昨年末にフランスへの旅を思い立ち、世界遺産を含めた大聖堂を四つばかり訪ねて行った。屋根を見ようと、冷たい石の塔の螺旋階段を登る。登る。大聖堂の天辺に出ると、石の屋根瓦はガラガラ崩れ落ちそうなくらい古く、雨漏りがしそうに傷んでいた。日本の寺社みたいな反りはなく、鋭い傾斜で屋根の端はストンと切り落としてある。屋根に登って空の高みと真向かうような、そんなスペースは一切ない。ただ恐ろしく高いだけ。ゴシックの屋根には人間的な余裕がない気がした。

するうち、私は向かいの塔の壁に二羽の鳩の姿を見つけた。鳩は夫婦のようで、壁に彫った蔦のレリーフに軽々と足をのせていた。二人はこの世にこんな居心地の良い場所はないとでもいう顔つきで、百数十メートルの高みに、深々と羽根を寄せ合っているのだった。

あとがき

私が出始めの頃、本屋の前を通るのがいやだった。下を向いて小走りに行ってしまう。私は小説なんか書いていませんよ。ここの本屋の棚に並んでいるのは私の書いた小説じゃないですからね。知りませんよ、という気持。

小説を書くのは恥ずかしいことだと、ずっと思いながら、こそこそと台所の鍋に隠して書いてきた。それなら小説とエッセイはどちらが恥ずかしいか、と聞かれたことがある。それはむろん小説です！　と答えたら怪訝な顔をされた。

分かってもらえないかなあ。小説はいうまでもなく創作だ。場合によって現実にモデルのある事件や人物（それが自分の場合も含めて）を扱ったとしても、テーマという自分勝手な背骨を作り、形というハンガーに掛け直すのだから作り物だ。自分の心のおもむくごとく作った嘘である。

一方でエッセイは多少の事実の偽造はあってもほぼ本当の出来事を扱っている。それであるから土台は安定して、私が数分後に不倫をしたり、ライオンに食われてしまうようなことはまずないだろう。

だがここで反転思考をやってみると、作り物を捏ね上げるのは他ならぬ私の心であり、脳味噌である。嘘でも、心に思わないものは作ることは出来ないし、書くことは出来ない。自分の心があぶり出したものしか小説になって現れることはないのだ。

そして私は姥捨て小説のレン婆さんになって飢え死にしたり、自分の娘のおなかに宿った胎児とおしゃべりをするドンナ・マサヨになるのである。ふうーん、村田喜代子の頭の中はそんな妄想ばっかり詰まっているのか。と、これは相当恥ずかしいことなのだ。

それにひきかえエッセイは自分の私的生活に起こったことを材料に書くわけで、作者の性根が手に取るようにあぶり出されたりはしない。それにエッセイの舞台は現実世界であるから、そこで起こる出来事の半分以上は私の関知するところではない。半分以上は他人の影響下の世界である。

この一風変わった極楽トンボの私を生んだ親はその親がこしらえたもので、その親はそのまた親がこしらえたので、私の変であることは親の親の親々々々々々々の代から延々と続く事実としてある。これは私の夫にも子供たちにも飼い犬にもあてはまり、今日の天気は空が作り、この世界の出来事はこの世界が作る。それらは私の私的好みや傾向とは関係なく、事実的に起こるものなのである。

というわけでエッセイは小説ほど恥ずかしくはない。これで質問の答えになっているだろうか。というよりすべからく人の頭に浮かぶ想念、祈念、願望、妄想といったものは、外の風に当てたり陽にさらしたりはしないほうがいいのかもしれない。秘すれば花という。小説を書く者は野暮天である。エッセイも、こうして読み返すとやはりだいぶ恥ずかしいことを書きまくっている。困ったものだ。

すみません。

村田喜代子

【初出一覧】

1　**子どもの頃、母のこと**　日本経済新聞（二〇〇九年）、「月刊俳句界」（文學の森、二〇〇九年）、朝日新聞（二〇〇五年）、読売新聞（二〇〇五年）、「月刊ゆうゆう」（主婦の友社、二〇〇六年）、「寺門興隆」（興山舎、二〇〇七年）

2　**作品**　日本経済新聞（二〇〇三年）、「図書」（岩波書店、二〇〇八年）、「一冊の本」（朝日新聞、二〇〇一年）、「新刊展望」（日販、二〇〇〇年）、「ラジオ深夜便」（ＮＨＫサービスセンター、二〇〇九年）、「季刊文科　35」（鳥影社、二〇〇六年）

3　**旅と写真**　「プリーズ」（九州旅客鉄道株式会社、二〇〇四年〜二〇〇六年）

4　**本と人**　「月刊パンプキン」（潮出版、二〇〇六年）、「異嗜食的作家論」（現代書館、二〇〇九年）、「横山房子全句集」（角川書店、二〇〇八年）、

5　**絵画**　日本経済新聞（二〇〇七年）

6　**癖**　「群像」（講談社、二〇〇九年）、「群像」（講談社、二〇〇八年）、「動詞的人生」（岩波書店、二〇〇三年）、「稲垣足穂の世界」（平凡社、二〇〇七年）、「銀座百点」（銀座百店会、二〇〇八年）、西日本新聞（二〇〇八年）、「エピソード」（雲母書房、二〇〇九年）

7　**地球**　日本経済新聞（二〇〇一年）、日本経済新聞（二〇〇八年）、「一冊の本」（朝日新聞、二〇〇九年）、中日新聞、読売新聞（二〇〇七年）、

8　**この世ランドの眺め**　西日本新聞（二〇一〇年〜）

〈著者略歴〉

村田喜代子（むらた・きよこ）

一九四五年、福岡県北九州市八幡生まれ。一九八五年、自身のタイプ印刷による個人文芸誌「発表」を創刊。一九八七年『鍋の中』で芥川賞を受賞。一九九〇年『白い山』で女流文学賞、一九九二年『真夜中の自転車』で平林たい子賞、一九九八年『望潮』で川端康成賞、一九九九年『龍秘御天歌』で芸術選奨文部大臣賞、二〇一〇年『故郷のわが家』で野間文芸賞をそれぞれ受賞。『蕨野行』『あなたと共に逝きましょう』『ドンナ・マサヨの悪魔』『偏愛ムラタ美術館』『縦横無尽の文章レッスン』など著書多数。

この世《よ》ランドの眺《なが》め

二〇一一年六月一〇日第一刷発行
二〇一一年八月三〇日第二刷発行

著　者　村田喜代子
発行者　小野静男
発行所　弦　書　房
（〒810・0041）
福岡市中央区大名二－二－四三
ELK大名ビル三〇一
電　話　〇九二・七二六・九八八五
FAX　〇九二・七二六・九八八六

印刷　アロー印刷株式会社
製本　篠原製本株式会社

落丁・乱丁の本はお取り替えします

ISBN978-4-86329-040-2　C0095